明
室
Lucida

照亮阅读的人

Haruomi Hosono

细野晴臣 氛围驾驶员

细野晴臣随笔集

[日] 细野晴臣 著　余梦娇 译

アンビエント・ドライヴァー

北京联合出版公司
Beijing United Publishing Co.,Ltd.

目 录

二　漫游感　闲逛见闻

前 言

这本书收录了我在 1995 年到 1996 年，以及 2002 年到 2006 年期间的文章。首先，我想稍微写一写前半部的事。（关于后半部，我会在“中述”中谈及。）

1995 年这一年，正是我完全沉溺于氛围音乐（Ambient）之海的时期。所以，连载的题目采纳了我的提议，定为“氛围驾驶员”（ambient driver）。

时值20世纪末的日本，诺查丹玛斯[1]经由五岛勉[2]的介绍传播开来，末日论的氛围弥漫四周。我也一样，从 20 世纪 70 年代开始就受其影响，不知怎么就被灌输了

---

1 诺查丹玛斯（Nostradamus）：犹太裔法国预言家，精通希伯来文和希腊文，留下以四行诗写成的预言集《诸世纪》（*Les Prophéties*）。后世由此书解读出很多重大历史事件，包括 1999 年人类将经历世界末日的猜想。——如无特殊说明，本书脚注皆为译注

2 五岛勉（五島勉）：日本作家、记者。1973 年出版《诺查丹玛斯大预言》（ノストラダムスの大予言），该作在 1974 年由东宝制片公司拍成电影，在大众文化领域影响甚广。

1999年将会迎来世界末日的想法。另一方面，因为日本进入泡沫经济时期，狂欢作乐的人也并不少见。当时，恐怕很少有人认真思考2000年之后的未来——这在2006年的今天看来应该难以理解，但当时的氛围确实如此。

人口爆炸、环境污染、无法理解的罪案连续发生……简直就像预言一般，事件接二连三地出现。在那样的时代，人们的内心潜藏着重置的愿望。每个人都以各种各样的方式开始了对自己的重置。这并非借助外部，而是经由内部。而我的方式，就是氛围音乐。

与此同时，支撑当时那个我的还有美洲原住民、阿伊努等群体从祖先那里继承的智慧。

20世纪80年代，我和中泽新一[1]游历了各类日本圣地。（当时的文章结集为《观光——日本灵地巡礼》[2]一书。）YMO（Yellow Magic Orchestra，1978年成立，成员包括坂本龙一、高桥幸宏、细野晴臣）始料未及的

---

1 中泽新一（中沢新一）：人类学者、日本宗教史学者。继承南方熊楠、折口信夫等人的日本民俗学、历史学研究，提出“对称性人类学”的学术观点。

2 《观光——日本灵地巡礼》（観光——日本霊地巡礼，1990）：作者写自己和宗教学者中泽新一一起去日本代表性的灵地旅行，是一本涉及现代思想、宗教、物理学、美术、音乐等广泛领域的对谈集。——原注

走红反倒使我感觉疲惫，精神世界陷入绝境。荣格曾经说过，人类一旦直面精神危机就会开始描绘曼陀罗。当时的确到了这样的境地。虽然游历圣地时，我从醉心神道的人士那里学到了很多，但很快从中窥见流派之类的东西，内心感到了麻烦。就在此时，我重新遇到了美洲原住民简洁的智慧和世界观，兴奋非常。

我最早读卡洛斯·卡斯塔尼达（Carlos Castaneda）的“唐望”系列[1]是在20世纪70年代，所以90年代时已是再读。但初读时不明白的地方，经过二十年，竟自然而然地明白了。

哪怕一点也好，我希望诸位能够感受到20世纪90年代后半期的氛围音乐及原住民为我带来的兴奋感。

1 《咒术师与我：唐望的教诲》（呪術師と私　ドン・ファンの教え，1974）：人类学家记述自己通过跟随印第安亚奎纳族学习致幻植物的使用方法，从而认识世界的系列书籍（全十二卷）。——原注

一　氛围驾驶员　无尽之旅

避难所

YMO时期，我过着一种被紧紧束缚的生活。只有睡觉的地方是我的“sanctuary”——所谓的“避难所”。为了将蜂拥而至的他物隔绝在外，我在那里享受着音乐的环绕。而承担防波堤作用的是布莱恩·伊诺（Brian Eno）的氛围音乐。这类音乐并不会带来戏剧性的邂逅。但哪怕只是在生活中无意听到，都能使人得到救赎和治愈。

回想一下，我有过很多避难所。最早沉迷于飞碟，还前往过小离岛。每年的12月还会去某个寺庙借宿修行。虽然只是重复着起立、坐下的动作，但正是过剩的单调扯拽出自己内心的所有思考。当思考穷尽的时候，自己的内部也就变得空无一物了。哪怕一年只有一次，我也觉得通过这一修行能让自己在混沌现世中变得泰然自若。

我曾经盯着山羊的脸，感到“空无一物”。与天真的动物相比，人类要达到“空无一物”的状态很难。虽然从大约十年前开始，我就一直在为尽可能变得“空无一物”而努力，但怎么都无法保持。比如，就算要冥想，“冥想”这个词的深处不也隐藏着臃肿的自我吗？虽然追求更高层次也很重要，但其中会有与大自然融为一体的欣悦吗？如美洲原住民所说，在自然之中，没有什么能超越大自然带来的治愈。

恐怕我的神经已经投降，能量也处于消耗殆尽的状态了吧。这种时候，人会变得敏感，从而被能量充沛的事物吸引。就这样，我与大自然相遇了。赤脚走在离岛的沙滩上，风从脚趾的缝隙中穿过——这种舒适的感觉，比起听到好故事的感动，更具强烈的真实感。脚趾碰到沙砾、风吹过皮肤，通过这些再平常不过的肉体感受，幸福造访了我。

防波堤适合看星星。岩石凹凸不平的海岸景色宜人，适合散步。但是如果要获得治愈的力量，还是得靠沙滩。这里不仅拥有陆地与海洋相撞的能量，而且孕育了远古生命。虽然感受到背后的陆地住着很多人会让人厌烦，但小离岛的沙滩不会给人这种感觉。我常去的海岛几乎没有受到时代更迭的影响，以后估计也不会有什么变化吧。我总觉得，在那里可以体味远古的风景，获得身处远古时代的心境。但那只是我自己的避难所，用不着告诉别人在哪里。

话说回来，与其说“氛围”是一种音乐类型，不如说是个用来形容精神状态的词。当下，被氛围音乐的新浪潮吸引的人在不断增加，我也是其中之一，但没有人能明确地解释其中缘由。这让人感到焦躁的同时，也能带来力量。在看不真切的地方，或许正在出现某些新的事物，不是吗？

去年我制作CD *LOVE, PEACE & TRANCE*[1]时的最初设想，是将氛围音乐与日本流行乐结合起来。但是，我发现日本流行乐没有能够对应氛围音乐的延展性，没有能与当下世界的精神状态相连接的工具。为这样的日本流行乐加上触手是我的工作，我将这种工作命名为“氛围驾驶员”。为了让打印机和传真机发挥作用，需要在电脑上安装驱动软件。即将开始的这个连载的题目——“氛围驾驶员”，就象征着“驱动软件”。[2]

---

1 *LOVE, PEACE & TRANCE*（1995）：由甲田益也子、小川美潮、游佐未森担任主唱的氛围专辑。——原注

2 “驾驶员”与“驱动软件”在英语中都是“driver”。

妖精般的光点

我第一次见到飞碟，是和横尾（忠则）先生一起去印度旅行的时候。到了晚上我就会被他邀请一起“召唤飞碟”。虽然每晚都呼叫，但飞碟根本没出现。我的腹泻却越来越严重。之后某天，因为认识了一位人脉很广的女士才治好了病。那之后，不知怎么，我有了一种会看到飞碟的感觉。第二天就在阳台上和横尾先生一边喝茶一边召唤，“咻”的一下，如活物般运动着的光点出现了。

光这种东西是不是会给予人类某种不同次元的意识呢？比如我们仅仅看到萤火虫发出的光亮就会兴奋。发着光的 UFO 能陡然带来极大的兴奋感。在那以前，提到飞碟，我一般会联想到飞起来的碟状物之类物理性的东西，但我完全无法将这种形象与自己看到的东西匹配起来。也就是说，在我的思维中，同时存在着两种飞碟：人们通常所说的那种，以及神秘而有机地存在着、如妖精一般的那种。

根据现代精神病理学，提到飞碟和外星人就会被当成精神病。正是在这个很难看清真相的世界，才有必要鉴定这类发言的真伪吧。从这种意义上来说，在我认为值得信任的亲密友人之中，就有经常与外星人会面的人物。根据他的说法，那个外星人似乎像日本人与美国人的微妙混合体。虽然我也想见到，但从未有过机会。

当然，我自己也有过无法归类的神秘经历。关于飞碟本身，差不多只是停在“反正已经看到了”的程度，但那次经历的残影却以不同的形式留在了我心中。那是YMO时期，我和（高桥）幸宏他们去新宿看通宵电影时的事。电影散场后走出来，我看到出口附近站着一个身穿灰西装、打着领带、上班族模样的男人。那张脸的周围模模糊糊，乍一看根本不是人脸。皮肤发灰，呈现月球表面般的凹凸不平，是个没有五官的怪物。脸旁边还有弯曲的管子撑出来。但之后我问起同行的人，却谁都没看到。

本来以为这事就这么一次，结果两年后在上野的百货店，我又见到了同样穿着西装的他（？）。我从二十米开外的距离，目击他进了满是人的电梯。那次有同伴也看到了。按理说，看到他的人肯定会受到很大的惊吓，但众人都很平常地走进电梯，这让我很震惊。后来我将这件事告诉平面设计师奥村（靫正）先生后，他告诉我：“啊，那个人我知道，在神田的书店里见过。”我再次感到诧异。他说：“那个人是佛陀。”据说如果站在他周围，可以感觉到气场。不管怎么说，能遇到两次一定是缘分。如今我很后悔没有跟他搭话，于是在等待下一次相遇。下次遇到，我要试着向他打听很多事。

我曾经见到过这样的场景——妻子说“我见过飞碟”却被丈夫教训：“别讲这种话！”或许自己喜欢的人能看到飞碟，自己却看不到，会让人生气吧。如果两人拥有不同的世界观，或许也会产生无法沟通的恐惧感。有没有看到并不重要，重要的是飞碟拥有很强的导火索作用，而且隐藏着推动变化的力量。要承认它的存在，首先要接受一个过程，那就是脱离一直以来的世界观。一个人看到飞碟，会使这个人产生变化。所以，当飞碟热潮变成一种社会现象的时候，是不是可以认为全社会都隐隐期望着变化呢？

DNA与电脑

叮砰巷（Tin Pan Alley，1973 年成立，成员包括铃木茂、松任谷正隆、佐藤博、林立夫、细野晴臣）时期，我发现了摇滚节奏的秘密。在听各种老歌的过程中，我发现摇滚的节奏中有微妙的摇晃。

一般是在 4 拍到 8 拍之间，听听诸如比尔·哈利与他的彗星乐队（Bill Haley & His Comets）的《昼夜摇滚》（*Rock Around The Clock*）就能明白。演奏着摇摆乐（swing）式的鼓点，敲出了跳跃的节奏。而另一方面，吉他则弹着 8 拍节奏。这就形成了一种醉醺醺的既跳跃又不那么跳跃的节奏——这就是摇滚乐的节奏。事实上，这也是布吉–伍吉（boogie-woogie）的根基。但是，当时没有多少摇滚乐手意识到这个问题。因为没法写在乐谱上，我就把这种“大叔节奏”的奥义口传给了鼓手林（立夫）君。有跃动会显得太悠闲，没有跃动又会显得太过严肃。在这种微妙的张力中，渐渐攀至兴奋的强烈快感，这就是摇滚的节奏。

那之后，YMO 三人组和松武（秀树）先生开始使用电脑。YMO 之所以会做非常清晰的音乐，就是因为我们深信电脑只能做出这样的东西。但是有一天，对叮砰巷时期“大叔节奏”的秘诀略有耳闻的坂本（龙一）君发现电脑也能做到。电脑会用数字打出音的长短。拿 MC-4[1] 这种设备举例吧，一个音长“24”，输入 8 次就会生成 8 拍。但如果让“36”和“12”长度的音每 4 次交替反复出现，就会生成“嗒、嗒嗒、嗒”的摇摆效果。取中间值，当然就会产生似跳跃非跳跃的节奏。因为用身体感知了“大叔节奏”，所以才能体会到吧。而很久以后法兹[2]才开始大行其道。

叮砰巷时期，因为受斯莱和斯通一家（Sly & the Family Stone）的影响，鼓机在成员中很受欢迎。但要配合鼓机演奏却很难。后来我也和鼓手林君有过别的合作。要让电脑开始播放得点击一下按键，配合这个时机开始演奏的林君很可怜，甚至变得神经质，抱怨道得让他底鼓（kick）和军鼓（snare）分开跟上。

---

1 MC-4：全称“Roland MC-4 Microcomposer”。1981 年夏天发售的一款音乐合成器，是 1977 年发行的 MC-8 的后续低价普及版。

2 法兹（fuzz）：最早的吉他效果器，会带来一种失真效果，但更多地带有扭曲和毛糙的听感，这种不和谐的音色正是其特色。

这里有一场乐手与电脑启动按键之间的战斗。因为自己 DNA 中的节奏和电脑的节奏不合拍。但是如果能渐渐克服，变得和电脑势均力敌，那事情就可怕了。虽然在演出中音乐是自己手弹的，但事后一听觉得太过正确，甚至觉得“像电脑在弹琴”。那是个让自己本身所具备的律动感去配合电脑的时期。这与一直以来的做音乐的方法都不同，或许会引发什么重大变化，但现阶段还无法明确。

心中泛起“鼓机为什么这么舒服”的一瞬间，变化就萌芽了吧。小时候听到摇滚乐的节奏会兴奋地觉得“太帅了”。听到鼓机的声音时，我也同样感到很帅气。在它的延长线上就是科技舞曲（Techno）。

虽然人本来就拥有摇摆的 DNA，但就连我也有过一段时间，觉得太常见的摇摆事物很无聊。即便抱持着与生俱来的摇摆喜好，人似乎依旧会被均质的节奏吸引。说起来，对均质的节奏最有感觉的是非洲人。这难道不正说明，均质的节奏是最原始的东西吗？

在物与物的间隙

泡沫经济刚开始的时候，我从 OTT 这一标语中获得了灵感。当时有人评价我的音乐“很 OTT”。“OTT”即“over the top”的缩写，意为“过剩”。确实，我想尽快摆脱泡沫时代那令人不快的空气，被必须做出过剩的东西这一强迫观念驱动着。总之先将过剩的东西做到极致吧，我觉得这样一来，从中挣脱后就会降落在一个清爽的世界，于是便延续着 OTT 的风格。结果没多久，我的脚就骨折了，一切回到了白纸一张的状态。

不久后，世界音乐（World Music）的时代到来了。契机是 4AD[1] 推出的保加利亚之声（Bulgarian Voices）

---

1 4AD：诞生于英国的独立音乐厂牌，于 1980 年成立。从 20 世纪 80 年代开始，该厂牌陆续发行了包豪斯（Bauhaus）、极地双子星（Cocteau Twins）、小妖精（Pixies）等乐队的唱片，带动了后朋克（Post-Punk）、梦幻流行（Dream-Pop）等风格的流行，其影响一直延续至今。

系列唱片。听说不仅是我，国外的音乐人也在同时期听着这张唱片。以这种音乐为契机，全世界开始追求区别于既有音乐的东西。在这之中，最引人瞩目的要数巴黎的 Raï 音乐[1]。对那之前的我来说，提起阿拉伯音乐，大概只会想到大篷车乐队（Caravan），就是一些沙漠浪漫风情的东西。但是，它突然变成了一种现实性的音乐。从宗教激进主义中脱身的人创造的、崭新而自由的阿拉伯音乐在巴黎掀起了热潮。那简直是历史性的事件，连我都想飞到巴黎去，觉得那刻，非得去见证一下才行。Raï 音乐的热潮蔓延开来时，正值 1988 年。

进入 1990 年，海湾战争爆发了。“托它的福”，阿拉伯和凯尔特这种美国地下音乐之外的东西明明久违地在全球范围内引起了关注，结果又全都归于沉寂了。打开的门就这样突然被关上了。我感觉战争之所以爆发是因为某种阴谋，那段时间我一直在读阴谋论史观的书。但是最近，听说奥姆真理教也在宣传“共济会阴谋论”，将传单送到了世界各地有影响力的意见领袖手中。很多外国人受到了刺激，开始觉得日本是个危险的地方。我感觉，又到了需要厘清当下究竟是个什么时代的时候了。

---

1 Raï 音乐：起源于阿尔及利亚西部，由阿拉伯歌谣、游牧歌曲发展而来。在摩洛哥、阿尔及利亚、法国相当流行，保留着非常鲜明的中东风情又极具现代性。“Raï”这个词是“观念、理念”的意思。

我一直对宗教、神秘性的体验抱有兴趣。但是，很多宗教以及神秘主义都会依赖“物”去践行一种“物神崇拜”。特别是最近，宗教的现实主义倾向似乎变强了。美洲原住民的教诲中有这样一条：必须逼视物与物的间隙。密教中的“观曼陀罗”并不是观看曼陀罗图本身，而是教人像看三维画一样去观看物的方法，也就是关乎眼睛，甚至心的使用方法。

当然，如果完全蔑视物的存在，就会陷入纯粹的唯心主义。我也是有收集癖的人，并不是不懂人们对物的追求。过去有一段时期，我把友人给的奇怪石头当作宝贝。我发现它丢了的时候，受到了很大的打击。但也是在那个时候，我头一次觉得不要过分拘泥于物。所谓的“物”也只不过是为了告诉我们某种信息而存在的。除此之外，我也丢过珍视的唱片收藏和乐器。失去物的时候，才能看到物与物的间隙。所谓“知”，说到底，就是这么一回事吧。

美洲原住民的教诲 Ⅰ

上次已经稍微提了一下，我的脚骨折了。当时我工作忙到连活动身体的时间都没有，完全被榨干了。结果就在下着大雪的某天，脚下一滑摔倒了。托脚伤的福，合约全都作废，我得以过了半年悠闲生活。似乎有一种规则，当潜意识里想修整的时候，就会发生些什么。这种准备工作是为了能欣然接受自己进入修整状态。人通常很难接受意外。一旦事情违背既往经验，就会失去掌控力，发生什么的时候不免慌乱。但如果不是碰上了倒霉事的话，也不会安心接受这种修整状态。当然了，我本来就是个懒散懈怠的人。所以，干躺着最合我的心意。我也在不知不觉间学会了“静待良机”。

通过“天赐”这个词就能明白，生活在自然中的人习惯了等待。但现代人恐怕已经把这忘了个精光。比如，当天气预报播报“不合时宜的降雨”时，个体意见的总和就被大众媒体代表了。就算是雨，也只是因为没有对其做好准备才会觉得它讨厌吧。不过，被称作“滚雷”[Rolling Thunder，纳瓦霍人（Navajo）的咒术师]的美洲原住民说过：“没有一场雨不被期待。”

刚开始对美洲原住民的言论感兴趣的时候，一直以来习得的知识在我的内部产生了极大的混乱。我感到无人知晓的秘密正隐藏在某处，为了探究这种奥秘读了很多书。但是，越向前就越是深陷迷宫。书只读一本是搞不明白的，还得查阅相关文献，要读的书就不断增加。就像去了神社，发现里面只有镜子。越走进其中越是空空荡荡，或许并不存在什么中心。

但是，美洲原住民的言论所昭示的他们的生存方式却自然而然消解了我内心积累的知识。我不禁觉得不可思议，那些简单的道理，为什么我至今为止都不曾注意到？这些书中记载的只有简单易懂的语言。阅读它们，只不过是再次确认已经知道的东西。所以，既没有重读的必要，也没有将其秘藏的必要。我第一次意识到，一直以来，我读的书中净是些看不懂的东西，我所追寻的事物也一概没有被记录。

当然，美洲原住民的言论也并非都立马能理解。滚雷说过这样一句话：“一切始于尊敬之心。”一开始，我搞不明白“尊敬之心”究竟指什么。就在不断思考的时候，我想起自己小时候很喜欢下雨，这令我明白，喜欢就是尊敬。对美洲原住民来说,有爱的地方就有尊敬。想想看,“接受”和“等待”不也是没有敬意就做不到的事吗?

读了美洲原住民的话，我经常记起那些经过漫长年月早已被我遗忘的东西。我感到，通过他们的教诲，我知晓了人类最基本的生存方式。他们的生存方式不再执着于自我的实现，而是放弃自我，将自我投掷到自然之中。朝着这个方向，我发现了唯有通过五感才能获得的生之喜悦。

美洲原住民的教诲 II

我是不是搞错了出生时间和地点？——这样想的我一开始并不能理解美洲原住民言论中的“right time, right place”(“对的时间,对的地点”)。开始慢慢理解它，是从接触到“药轮”（medicine wheel）这种思考方式以后。“药轮”呈现为圆形,相当于美洲原住民的曼陀罗。圆轮中有东南西北和四季，与曼陀罗一样将世界置于其中。同时，它也呈现着地球的运动和人的一生。

这种思维方式认为矿物、植物、动物——也就是世间万物都靠圆轮相连，唯有人类存在于这种循环之外。所以，人类必须利用智慧获得进入其中的方法。如果被排除在圆轮之外，那么人在生存中就会对自己所处的场所、所做的行为抱有违和感。美洲原住民认为，只要进入圆轮,那么不论遇到什么,皆为“对的时间,对的地点”。

这个圆轮还告诉我，人不应该在舒适的地方定居，而是应该不断转动四个方位，比如南方的居民必须去北方经历艰难。如此在圆轮内部辗转的过程中，就能够获得平衡感。

不仅是“药轮”，我还通过各种各样的教诲，习得了平衡感。而且，我明白了自己内部尚未明晰的思考方式与世间的价值观存在怎样的分歧。通过美洲原住民的言论，我重新认识到了自己心中的泛灵论。大概从十年前开始，我有了“一切处于平稳之中，无事发生的世界才是最好”的想法。在那之前，虽然我内心的某处总期待着发生点什么，但也隐隐觉得轰动世人的做派与自己并不相称。我想就是从那时开始，我的生存方式改变了。

不过，美洲原住民似乎认为不仅是动植物，所有日常现象中全都寄宿着精灵。比如，如果在发表什么意见的时候听到周围的响动，他们会将这视为认同的信号。

最近，我经常有类似的经历。和某人说话的时候，必须用容易理解的方式解释对方不明白的地方。这种时候，如果我心里认同自己说的不是个人的观点而是自然界的观点，咖啡壶就会发出“嘭”的声响，百叶窗也会“咔嗒咔嗒”作响。这一定是得到了认同。于是我总是心怀期待。

听我这么说，一定会有人觉得我脑子有问题。但是，与其说“好像听到有人命令我这样做”，不如说这其实是一种安心感。认为自己获得了认同的思维深处如果是泛灵论信仰，就会产生扎根在大地的安心感。虽然看到某些东西、听到奇怪的声音会产生困扰，但通过缓冲物柔和地接收讯息的生活很不错。在我看来，泛灵信仰就是如此平稳、柔和的思想。

海岛之夜

一到海边，我就会观察沙滩和海水的颜色，找到最闪闪发光的一处。因为是珊瑚礁海域，所以海浪少。在太阳的照射下，可以看到波纹。在那闪闪发光的海滨，海浪唰唰地冲洗着我。被毫不加注人工之力的海浪冲洗，令人心情愉快。对我来说，疲劳的时候比起去泡温泉，这样的方法更为奏效。今年夏天我也去了宫古岛。我喜欢冲绳的海。虽然我去过各个国家旅行，但冲绳的海是独一无二的。

我开始经常往返冲绳各岛的契机是十五年前遇到的一件事。那是结束 YMO 巡演后的第二天，因为朋友的邀请，我飞向了从没去过也没想过要去的冲绳。在那霸停留一天后，交替乘坐飞机和船向八重山诸岛出发。住宿的地方是岛上主海滩旁的新民宿。由灰浆砌成的二层楼被树林包围，周围没有人烟。

夜里，我因为想看星星爬上了屋顶。星星的数量多到从未见过的程度，我看到入神。就在这时，一只萤火虫突然撞入了我的视野。但我也只是脑中闪过一句“有萤火虫啊”就无视了它，继续看星星。这时，萤火虫仿佛开始彰显自我，像闪光灯一样发出了耀眼的光亮。虽然觉得奇怪，但我依然盯着星星。结果它飞到我右边不断闪烁着。我只好从星星上移开视线，看向了萤火虫。

萤火虫就像说着“终于发现我了啊”，准确地停在我正前方大约五米的地方，一动不动。仔细一看，它作为萤火虫来说个头有点大，也不像一般的萤火虫那样一闪一闪，而且还静止着。我毫无头绪，连自己都不知道正在盯着什么看了。接着，它又动了起来。我以为它要做什么，结果它开始了完全不同的行动。就像用尺子丈量一般，它向着斜左上方四十五度的方向直直地画出了一条对角线。我屏息看着，它在两米左右的上方画完线后就突然消失了。随后，它再次出现在了对角线的另一端上方，然后沿着与刚才的线平行、同样四十五度的轨迹，一边描画线条一边飞行。它就这样重复着这样的行为，光点与星星交错，难以分辨。

第二年我再去这座岛的时候，那栋民宿已经消失，周围的树林也被砍伐掉了。在岛上的居民看来堪称怪人的老板好像被赶了出去。我偶然借宿的民宿原来是那样一个被孤立之人在被孤立之地建造的。即便如此我还是每年都去那里。岛上的面貌十五年间也发生了变化，被看作圣域的那片地点的周围，如今已经全然不同。只有那最初的一年，它是属于特别时间的特别场所。

为了探寻那时的光亮究竟是什么，我向很多人打听过是否见过同样的景象。有人说见过，也有人说或许是小型飞碟。但现在我觉得那大概是木精（冲绳的精灵）。在堪称圣域的绝佳环境中，连精灵都会现身，不是吗？

祈祷的话语

我发行了一张名为*NAGA*[1]的专辑，所谓“NAGA”是指“龙蛇族”。[2]提到蛇，我想起了去柬埔寨时的事。柬埔寨当地有关于蛇族与鸟族的传说。细节我忘记了，但大体是说很久很久以前，世界上存在蛇族和鸟族，蛇族统治河川，鸟族统治山岳。后来，鸟族不知道什么时候离开了，世界失去了平衡。蛇族和鸟族似乎原本由同一个物种分裂而来，所以两方必须相互调和才能够生存下去。

之前去柬埔寨的时候是正月。因为是电视特别节目的现场直播，所以参观了吴哥窟。我想在偌大的遗迹中

1 *NAGA*（1995）：与云龙（笛子演奏者）共同演奏的专辑。将NAGA（蛇/龙）作为主题，以氛围音乐描绘出了亚洲的宇宙。——原注

2 “NAGA”原指印度神话中的蛇之精灵及蛇神。这种生物的外表类似巨大的蛇，有一个或七个头，在婆罗门教、印度教和佛教经典中常有出现。在汉传和藏传佛教中，蛇演化成了龙的形象。日本文化中有“龙蛇族”的说法。

找到一个不被任何人打扰、独自一人祈祷的场所。后来找到一间小小的石室，于是准备在那里祷告。结果石室入口处的台阶上有个黑黑的东西，原来是一只鸟上聚满了黑压压的蚁群。我放弃了走进石室，改为在门外祷告。

一面想着那只鸟一面祷告时，我感到背后有异样。转身一看，站着一位几乎能代表蛇族的美丽女子。她的手中托着刚才那只聚满蚂蚁的鸟。她一边抚摸着鸟，一边侧耳倾听我的祷告。我凝视着这非比寻常的景象，那只鸟竟渐渐恢复了生气，一下飞上了天空。我想，当时看到的不可思议的光景不就是蛇与鸟的和谐共生吗?

如果思考“祈祷”究竟是什么，我又会想起另一番景象（这次是通过影像看到的）。那是一档介绍日本各地残存风俗的电视节目。一家之主穿着裃和袴[1]，前往田埂。接着，他伸出扇子，说着“恭请稻米之神”，让神乘上扇子。威严地将扇子保持原样带回家后，还要摆上宴席。有时还会说“洗澡水也热好了哦”，像跟人说话一样恭敬地向神明交代，令人印象深刻。

祈祷，归根结底还是以言灵信仰为基础吧。这是从祖先的时代起一直流传至今的东西。但是，生活在现代

1　裃和袴：裃、袴都是传统服饰。裃多为上衣加裙裤的设计，为江户时代武士的礼服；袴则为腰部以下的衣服，呈裙状。

的日本人基本上与此无缘了。而我自己，也没有契机被传授这样的思维方式。但是，我为什么最终抵达了探求这种思维方式的终点呢？还是因为美洲原住民的教诲。尤其是，他们在美国这个国家的中心一边遭受迫害一边坚守着自身的文化，我被这种强烈意志吸引了。

在美洲原住民的祈祷中，言灵也承担着重要的作用。比如制作"药水"（让人恢复活力的水）的方法。首先，将水倒进玻璃杯中，然后让朝阳晒过再喝掉。非常简单。但整个过程中最重要的事就是对着水许愿。而且必须要出声，必须让自己的情绪与声音共鸣，并转移。这种思维方式相信水有感受力，如果溶入些什么就可以将水激活。美洲原住民教会我，只在心中默念的祈祷是无效的。

感知的后背

大约十年前（1985 年），第二天就要出发进行首次高野山之行，我的身体却很糟糕。有一位朋友前来看我。我们去了家附近的店铺聊天。突然，对方状态大变，说了很多只有我本人才知道的事。我觉得很恐怖想立马回家，结果分开的时候，对方来了一句“这个世界上多的是你不知道的事”，我那种“这件事太不寻常了”的心情越发强烈。而且，竟然还下起了雪。

回家以后，我背对着窗户点上线香开始祈祷。然后，感觉到延伸至黑暗树林的长廊上，进来了什么无形之物。那一瞬间我仿佛遭了梦魇，虽然闭着眼睛却能知晓背后发生了什么。无形之物变成了直径二十厘米的白色雾团，不断靠近，抚上了我的左边脖子。我感觉到细微的撞击与温润的触感。它就这样进入了我的身体，沿着脊椎一路向下，在腰部附近被全部吸收了。留给我的唯有“啊，什么东西进去了”这一感觉。第二天，我按计划出发去了高野山，什么也没有发生。

之所以想起这件事，是因为我和加藤清先生聊起了“后背”。加藤清先生七十五岁（当时），在很长一段时间里都从事着精神分裂症的治疗工作。他也是我近来最感兴趣的人物。今年夏天我跟他在广岛见过面，11 月又在神户举行的活动上见到了。目前，加藤先生在尝试将舞蹈引入到治疗中。我在会场的后台等待出场的时候，坐在我旁边的加藤先生突然站起来，和我背靠背手挽手跳起了舞。“这样就安心了吧。”他这样说着。确实，我感觉到了安定。背靠背的时候，不会在意对方的性格，所以很不错。就这样，我和加藤先生跳了舞，在出场前接受了短暂的治疗。加藤先生的患者中，甚至有人会在治疗期间攻击他。面对这样的患者，他会让他们看着自己的后背，后退着慢慢靠近，然后再搭话。这样一来，他们好像就不会扑过来了。让对方看到自己毫无防备的后背，似乎是一种放弃自主权，将自己完全交付给对方的身体语言。

聊着这个话题，我也想起了已经遗忘的后背感官。在现代东京，我们大抵是不考虑背后的事情而生活着的。我小时候在黑暗的浴池洗头发时，觉得背后有什么东西而吓得不轻。这种让人内心颤抖的空间如今或许已经消失殆尽。但我遭遇的奇怪事件大抵都发生在背后，我总能感觉到各式各样的精灵及自然之力也存在于背后。

写出《跛鹿》[1]的美洲原住民曾写过，在从小熟悉的树木旁度过的时间对自己来说是最特别、最丰盈的。我原本以为是抱着树，但其实是背靠着树度过两三个小时。如果我和树木一起相处，比起拥抱也会选择倚靠吧。与正面相对不同，后背所能感觉到的东西是无法忘怀的。

---

1 《跛鹿》（インディアン魂　レイム・ディアー，1998）：由曾经真实存在的苏族（Sioux）最后的巫师口述美洲原住民智慧与洞察的书籍。——原注

“异域”与“氛围”

“异域音乐”[1]是美国杂志*RE/Search*的一群人凭兴趣收集的类目，用来概括那些珍奇怪异的音乐。如今好像是种备受瞩目的风格。确实，他们准确地从具有异域风情的曲调和轻音乐里把这些音乐收集起来让世人了解。但日本杂志却只摘取其中色情、怪诞的一面制造话题。这完全不“异域”。本来“异域”和“氛围”一样，是与耸人听闻毫无关系的存在。

所谓“异域”，正因为最终无法找到实体，所以不追根究底才有趣。可以说，不求甚解的精神才是“异域”

1 异域音乐（Mondo Music）：该词虽最早出现在美国杂志中，但几乎只在日本被长期沿用，在英语世界并没有像其他音乐风格一样普及。“Mondo”语出意大利电影《世界残酷奇谭》（*Mondo Cane*）的标题，本身是“世界”的意思，但“Mondo Music”并非中文语境下的“世界音乐”，在日文语境中指“离奇、怪异的音乐”。但本书作者以“Mondo”的原意理解该词，并在行文中做了大量说明，故取中性色彩的“异域音乐”作为译名。

的基础。被放置于世界一隅的音乐——异域音乐，几乎站立在音乐风格之间的暧昧界限上。总之很难完全掌握，也不会大受欢迎。它只不过是在同好的集会上让人们听到的一些样本。听众的态度也是因人而异，没有定论。将这些听众的态度统合起来，称为“异域”也未尝不可。

人类所能感知的领域其实非常有限。而艺术具有扩展领域范围的力量。只不过拥有这种能力的人并没有那么多。一直承受同样的刺激就会变得麻木，人类大抵如此。所以就会想让人挠一挠其他地方的痒。我自己就被音乐扩展过很多次感受范围。比如在某个时期，我能强烈感觉到自己听音乐的能力，以及准确表达的能力都有界限。就是在那时，我遇到了马丁·丹尼（Martin Denny）的异国之声（Exotic Sounds）系列。我被这一未知的领域刺激得头晕目眩。快感在感官被扩展的那个瞬间降临。在展示未知领域这一点上，“异域音乐”是一样的。

不限于音乐，艺术与其说是被鉴赏，不如说是被体验。所以，总有无法解释的部分。最近，我偶尔会被问及“氛围音乐到底是什么”。刚开始，因为氛围音乐的场景不怎么为人所知，所以解答能带来愉悦。但最近，想回答的时候反倒会陷入混乱。哪怕在说“氛围音乐不是一种概念”的当口，“不是概念”也会变为一种概念，我为此很困扰。或许布莱恩·伊诺也陷入了同样的窘境，才想做些没有名字的作品。但就在穷途末路的时候，某种事件——举例来说就是之前我和马丁·丹尼的相遇——就会造访。

如今的人如果觉得现状无聊，那就意味着想要追求某种新的东西吧。“氛围”与“异域”似乎是突破的线索，我觉得在这个前方存在着什么，所以正在探索两者的连接点。如果说“异域”关乎“听众”的态度，那么“氛围”就关乎“作者”的态度。而我的听众身份与作者身份之间还是分裂的。不过，分裂也是生存于20世纪的证明。我一边强烈地爱着20世纪的音乐，一边也明确地知晓它内里存在的畏缩。

20世纪的音乐

中学时，我第一次听了沙滩男孩（The Beach Boys）。在那之前，我从未听过这种音乐，所以备受冲击，深陷其中。我将电台和唱片视为老师，聚集同好组乐队也是从那时开始的。当时，我早已过了变声期，变成了现在的声音。唱起最喜欢的沙滩男孩，被人说这么低的声音不像《美国冲浪》（*Surfin' USA*）。明明那么喜欢，却发不出和他们一样的声音，面对这样的现实，我感觉到了歌唱的局限。

后来成立的"Happy End"（1969年成立，成员包括大泷咏一、松本隆、铃木茂、细野晴臣）对我来说则是个声音试验场，所以并没有预设由自己来唱。如果是乡村、民谣风格倒是能唱，但当时的目标是迷幻乐（Psychedelic）。这样一来，我又不能随心所欲地唱自己作曲的歌了，再次感受到被自己声音束缚的不自由。不过，唱歌的时候应该尽量抛弃制作人的意识，更加直率地当一个纯粹的音乐人。明白这个道理后，我也逐渐可以写出自己能唱的歌曲了。

后来，制作《热带丹迪》[1]的时候，我听了别人的建议，将轻音乐（easy listening）和爵士乐经典曲（standard）作为表达自我的音乐形式吸纳了进来。在接受这个建议之前，我虽然一直听着之前提到的“异域音乐”，却没有意识到可以这样做。因为将自己局限在摇滚这个狭窄的领域进行表达，所以才产生了纠结。以此为契机，我的音乐类型无限扩张，掌握了可以前往任何地方的自由。

当时，热门榜单已经失去效力。直到20世纪60年代后半，好音乐还一定能拿到第一位，听了前三十首基本就没必要听后面的了。但随着以专辑为志向创作的音乐人逐渐增加，榜单自身也就没有意义了。此前，我追着电台的榜单听同时代的音乐时,经常感觉自己正与“当下”同步。而离开热门榜单，就是不再被“当下”这一时间轴束缚了吧。

我开始收集怪异的音乐，找遍好莱坞电影配乐，沉迷在20世纪30年代的音乐中。然后，我再次发现了

---

1 《热带丹迪》（トロピカル・ダンディー，1975）：细野晴臣的第二张个人专辑。与之后发行的《泰安洋行》（泰安洋行，1976）、《天堂》（はらいそ，1978）并称为“热带三部曲”。——原注

小学时从收音机流淌而出的那些音乐——比如新奥尔良音乐和查克·贝里（Chuck Berry）。当时，越听就越有想听更多的欲望。另一方面，我从狭窄的摇滚世界进入20世纪音乐的广阔世界，在表达自我上也越发轻松，迎来了热情高涨的创作期。

现在，我正处于和当时相似的状态。虽然直到前段时间我还像被删除了数据一样，不知为何把过去思考的东西忘得一干二净，但这种健忘症目前好像已经治愈。接受关于异域音乐的采访、在电视节目中演奏过去的曲子、做关于20世纪流行音乐的演讲——因为这些契机我想起了过去的事。而时隔很久重新听过去常听的音乐，让我脑中各种音乐的断片也一齐苏醒了。就这样，我沐浴在20世纪的音乐中，每天听着它们生活。

不无聊的寂静

这几年，我的心被“寂静”吸引了。提到寂静，我会想起在约翰·坎宁安·里利（John Cunningham Lilly）的书中读到的海豚的故事。书中写道，海豚的头部之所以比人类大，似乎是因为两者被称为“寂静地带”的部分容量不同。寂静地带似乎是用来管理共生关系的，人类大脑中的这部分几乎没有得到开发。众所周知，海豚作为个体虽然有其个性，但彼此间也能神奇地保持和平的共生关系。人类一直都很怕承认自己与他人的同质，认为这会令自己失去个性，于是高声地宣扬自我。如果能使用脑中的寂静地带，那么或许能构建出完全不同的人类关系。

在我疲于应对包括自己在内的，自我表达欲旺盛的音乐人之间的关系时，我遇到了电脑。电脑不比乐器，它以非肉体的工作为中心。托它的福，我得以将演奏这种肉体行为与自己的生理部分区隔开来。另一方面，虽然个人工作的增加取代了一直以来的共同作业，但我并没有因此变得自我意识旺盛。因为制作的是自己一个人，聆听的也是自己一个人。如果仅凭自我去突围，估计会导致内部崩溃。我并没有变成那样，而是开始打开自我，将外部世界放入了音乐。在这个过程中，我意识到比起自我更广阔的某种存在。我听到的东西变成了地球、空气等环境也在聆听的东西。

想一想，远古时代也有自己一个人演奏、聆听的音乐。即便是现在，少数民族中自言自语般唱歌的人也很多。还有菲律宾伊哥洛人（The Igorot）使用的鼻笛，如字面意思，是使用鼻子吹奏的笛子，只能发出非常小的声音，仿佛只需要自己听到就可以。他们应该能通过自己与世界相连吧。他们也知道，不论多小的声音都可以在世界中回荡。既然他们不觉得这是微弱的、仅属于自己的音乐，就不会觉得孤独。对于这种音乐，要考虑听众，反倒不自然。

但是，我们如今生存于完全不同的世界。在现代社会，很多人都将音乐看作要给别人听的东西。而且，随着大众媒体的发展，消费加速了，人们因为害怕无聊而追求更强烈的刺激。整个世界充满做给别人看、做给别人听的过剩事物，让我觉得有些吵。在这种吵闹中听到氛围音乐，就觉得这种音乐不仅声音很小，而且蕴藏着寂静。

氛围音乐是没有故事、什么都不会发生的音乐，所以追求刺激的人或许会觉得无聊。但是，也有年轻人像听着惯常的流行音乐一样，愉悦地听着这种没有旋律、没有歌词、仅仅只有声音响动的音乐。并非单单因为电脑，好多契机令我怀抱着各种想法，投身于氛围音乐的世界。我只能说，它是从自己一个人制作、一个人聆听的工作中诞生的静谧音乐，但让它被别人听到，对我来说也是乐趣之一。

中 述

从 1996 年《氛围驾驶员 无尽之旅》的终篇到 2002 年《漫游感 闲逛见闻》的开篇，中间隔了六年。作为进入本书后半部之前的桥梁，这篇“中述”的主题是粗略回顾这六年。但这是不可能的。因为在当下去谈论 20 世纪 90 年代非常困难。

谈及音乐，不论身处什么时代，十年前的音乐都会让人觉得老旧。站在 2006 年的现在回望，如果要把 20 世纪 90 年代称作“当下”，那它已显陈旧；称作“复古”，又显得太新——那是一个不上不下的时代。

社会现象也好，音乐也好，各种事物基本都以十年为单位突变。比如，现在提起 20 世纪 50 年代的音乐，脑中会迅速涌出那种氛围。人们能迅速想起那个时代特有的色彩。那种“色彩”的种子通常藏在上一个十年的末期——50 年代藏在 40 年代的末尾，90 年代则藏在

80年代的末尾……

当下，也就是2000年以来的世相，在1999年左右就已经全部准备就绪。从这个层面来说，原本应该非常重要的1999年，日本却以非常无趣的方式度过，迎来了21世纪。要说为什么，我在“前言”中已经提及，那就是原本应该迎来世界末日的1999年，到头来什么都没发生。明明应该重启，却如扑空一般泄了气。

现在回顾20世纪90年代，总会让人觉得近年来发生的事情在当时基本已经全都有了引子——不论好的，还是坏的。但是，要总结却很难。

“氛围音乐”并非只关乎音乐。最初，它只是个人自己制作，默默灌录成CD的音乐，同一时间在世界多地发生。它开始于在普通音乐中加入环境音。后来没多久，俱乐部类型的音乐场景中，在格里高利圣咏[1]之类庄严而肃穆的音乐中加入舞曲节奏的拼贴手法流行起来。它与互联网让人与人连接起来的意识有若即若离的关系。海豚、鲸鱼成为其象征生物……可以举出它的很多特征。哪一项都是准确的，无法一言以蔽之。

1 格里高利圣咏（Gregorian Chant）：西方基督教单声圣歌的主要传统，是一种单声部、无伴奏的天主教会宗教音乐。主要在8世纪和9世纪，法兰克人到达西欧和中欧期间发展起来，后来继续有所增加和编写。

氛围音乐以漂浮感为关键词，漂荡在这样的海中，令人心情愉悦。在旁人看来或许很严肃，但身处其中，心情犹如浮在海里的海獭。制作氛围音乐的同伴里没有什么深刻的人。虽然毗邻新世纪音乐（New Age），但在氛围音乐领域，以更为乐观的态度描绘未来的人居多。或许大家心中强烈地认为，比起现在，未来将是更美好的存在。浮在海中从某种意义上来说，不过是逃避陆地（现实）罢了。远远地眺望着陆地，心中想着："真是陈旧啊，真是腐朽啊。"

一直以来，现代音乐都被看作充满自我意识的艺术。如果我说与此相对，氛围音乐属于流行音乐，恐怕会让人觉得难以理解。但是比起随便听听，氛围音乐总让人兴奋地觉得"好厉害""好新鲜"，这就是它的流行性。因为在氛围之海中掌握了这种流行性，才会觉得陆地上的"陈旧流行乐"蠢得不得了，根本听不下去。

从舒适的氛围之海踏上陆地会产生痛苦。但一直待在那片海里，已经无法再感到有趣。不知不觉我已经灵感枯竭了。

就在这时，久保田麻琴、小坂忠、铃木茂、林立夫这些以前的伙伴接连邀请我一起做专辑、上舞台。也做了"Happy End"纪念专辑、*HOSONO BOX 1969—*

2000 这类总结性的工作。仔细一想，和一起做过 YMO 的高桥幸宏组成的双人团“SKETCH SHOW”也是在 2002 年开始活动的。

作为从氛围之海踏上陆地的生物，我怀揣着各种烦恼再次踏上了旅途。请继续与我一起，共度这四年吧。

二　漫游感　闲逛见闻

令人愉悦的场所究竟是怎样的

过去，东京常常起风。我本来就很喜欢风，甚至出过专辑《浪漫风街》(風街ろまん)，写过歌曲《集风》(風をあつめて)。但是，不知从什么时候开始，东京不再像过去那样起风了。不仅是风。到底什么时候变成这样了呢？以前，到了冬天就会下雪；到了夏天，当然会有阵雨。但是最近，连台风都会绕过东京。我从小就对季节的变化非常敏感，所以能感受到春天的到来。打开窗户，从南方徐徐吹来的风，将春的气息搬运至此。我非常喜欢深深呼吸这样的风。或许动物也有相同的感觉吧。但是近年来，这样的季节变化没有了，我的身体也乱了套。

工作一旦忙起来更会丧失季节感。首先，堪称季节感之基础的规律生活崩溃了。录音的时候经常会在工作室一直干到早上。封闭起来持续工作，也会丧失时间感。猛然抬起头，钟表的指针停在6点，搞不明白是晚上还是白天。这会令我陷入恐慌，经常为了确认时间而出门。但想到是在东京就提不起劲。毕竟既没有过去那样的风，也辨不清季节的分水岭。

为了清除这样的混乱，我会搁置一切，离开东京三天以上，去别处旅行。只要在自然中度过三天，身体的时钟就能恢复——这是我从现实经验中学到的事。

走入自然，要能够忍受与昆虫共处。我挺怕虫的，但喜欢虫子的叫声，为了听这个去了好多次冲绳和巴厘岛。4 月的宫古岛，在昆虫开始齐声鸣叫的季节走上海岸，身后虫鸣漫溢。那一瞬间，我会进入冥想状态。有种身体在 α 射线下发热的感觉，我对此从不会感到厌倦。巴厘岛也是，比起景色，声音更动人。傍晚，我会走进森林，停在豁然开朗的空地上，静静等待四周陷入黑暗。这时，某一处，蝉鸣响起。渐渐蔓延开来，三百六十度包围着自己。真好。我对此简直堪称狂热，甚至想仅仅为了听那蝉声再去一次。

这种声音有白噪声或者粉红噪声[1]那种让大脑一片

1 粉红噪声（pink noise）：物理学概念，在等比宽带的频带中具有相同能量的噪声，是声学测量最常用的测试信号。名称源于其功率谱下的可见光视觉颜色为粉色。

空白的效果。以前，马瑞克先生[1]教过我记忆法和将记忆初始化的秘诀。对于无论如何都要记住的东西，只要将其置换成人类眼中的危险状况或者自己身体的一部分，那么就算以为已经忘了也依然会留下残余。它会像硬盘里的垃圾一样滞留在其中。要将记忆初始化，就要操控自己的想象。首先想象一片雪原，脑中浮现银白色的世界。然后想象自己摔了一跤被雪掩埋，用这个印象把脑中变成一片空白，记得的东西就会全部从记忆中消失。这就是视觉性的白噪声。

一年中总有那么两三天，会毫无缘由地心情很好。比如冬天的早晨。突然睁开眼,外面寂静无声,想着“啊，下雪了吧”起身确认，果然，下雪了——如此这般的冬天早晨。在寂静中睁开眼，全身都会体味到幸福。这可不是我的妄断，是身体先感觉到了。因为气压、气温这些条件配合得恰到好处。类似的心情愉悦的日子不止下雪的早晨，不知为何，好像在 5 月格外多。所以我喜欢 5 月。在一切条件都具备的 5 月的某个好心情之日，我会登上屋顶，发一整天呆，喝茶、吹风。夏天太热让人

1 马瑞克先生（Mr. マリック）：日本魔术师，本名松尾昭。活跃于 20 世纪 80 年代的日本电视节目中，进入 90 年代后出演过多部电视剧，现在依然在演艺界活动。

厌烦，冬天太冷我吃不消。果然，还是5月最好。

我曾经去毛伊岛拜访过约翰·坎宁安·里利博士。他在面向大海的崖壁之家过着半隐居的生活。那里简直是天堂一般的地方。我去玩的时候，里利博士还特意穿了和服迎接我，让我特别感动。他就是如此好客的人。我一直记得，当我说“这里虽然是个好地方，但好像没有四季”时，他坚持说：“你可能不知道，这里其实拥有非常微妙的四季，要自己来体会。”

细微到那种程度的变化，恐怕不在当地住个十年以上就无法明白。至少，我是无法分辨的。毕竟我是体验着日本这种变化丰富的季节流转而成长起来的人。对我来说，夏威夷是一个整整一年都是5月的地方。有机会我也想在那里住住看。

所谓日本人的特点

2002年6月世界杯开赛之前，我被精通足球的松本（隆）君告知："已经开始用咒术对战了。"那之后我注意看了新闻，觉得好像真的存在很多与咒术相关的事件。确实，对中南美以及非洲的人们来说，巫毒诅咒就是家常便饭，没什么不可思议的。

比如，有历史恩怨的阿根廷和英格兰之间就充满了咒术的火花。在英格兰队记者见面会上，有阿根廷记者跑进去，撑开黑伞跳起不吉利的舞蹈。虽然后来他说是在开玩笑，但我可不这么认为。他应该是在认真祈祷，让对手遭遇不幸。我们知道，后来，英格兰雇了尤里·盖勒[1]来对抗。大概因为这个，英格兰才变强了吧。我似乎也看到喀麦隆的支持者之中有咒术师在进行什么仪式。另外，我总觉得，支持者的存在本身就是一种咒术。

---

1 尤里·盖勒（Uri Geller）：以色列魔术师。

我甚至想称韩国队的支持者为“红色咒术”。

咒术比收买、踢假球要难掌控。因为它一般不被相信，也就无法约束。但是，认真诅咒实际上真可能让敌方选手受伤。说到底，把咒术带入体育真的好吗？

我自己对足球并不怎么感兴趣。和大多数人一样，只在世界杯期间当个伪球迷。几年前，智利在足球国际比赛中获得胜利的时候，我正巧在那里。街道上热闹非凡，我也被卷入兴奋之中。我从没见过那么热闹的场景。我不明白他们为什么能对足球有如此狂热的情绪，心中一半佩服，一半诧异。结果，同样的事情如今又在日本上演了，我非常惊讶。

我完全想不到气氛会如此热烈。开幕前，我还冷淡地想“哦，世界杯啊”，觉得只有媒体在瞎忙。结果开幕以后，一场一场比赛看下来，我逐渐被吸引了。大家兴奋是因为日本队获胜，如果输的话就不会这样了。我也被强烈影响了。世界杯开幕前，日本的政治、经济状况都很糟，还存在恶性犯罪，整个社会紧绷到了极限。就是在这个时候，体育俘获了众人的心。体育，展示了人类的原始状态。不能弄虚作假也不能装腔作势，更骗不了人。我第一次感受到了体育的力量。

大家一起看球赛的现象也很有趣。我看到原本一群毫不相干的年轻人在比赛结束后浩浩荡荡地走上街头、一起唱歌的影像，不禁想："要做还是能做到的嘛，年轻人！"这对他们来说，或许是有生以来第一次产生共振。就算发展为暴徒，日本的暴徒也很乖巧。相反，那个时期不看足球，跑去银行放火的人才可怕。在这种所有人都沉迷其中的时刻，不看足球反而谋划犯罪的人，一定非常反社会吧。

但是我感觉，以淘汰赛第一轮日本队的败北为转折点，外界的足球热稍微降温了。我深刻感受到比起共同主办国韩国的热闹气氛，日本人确实无法维系热情了。

最近，我经常思考日本人在遗传上的特征。比如，自己这种稍微放纵一下吃多了就会变胖的体质、房间里堆满了东西而无法着手整理的性格。对这两个特征追根究底，会觉得它与社会充满了食物、商品，也就是物质丰盛的现状不无关系。

从前，日本到了冬天人们就会缺衣少食，于是便省吃俭用等待春天。因为这种体质，冬天稍微吃多了就会变胖。过去的规律崩溃了，所以从身体到精神都变得无所适从。

在长期维持简朴生活的过程中，日本人才形成了适应贫穷的体质和性格。只有在物质和食物都很贫乏的土地，才能活得像个日本人。最近，我觉得这种“向着匮乏而生”的特点很有趣。

电力时代后到来的事物

去CD店时，面对陈列着的海量CD，我会不知所措。这家店的某处一定有我自己喜欢的音乐，但还没找到。虽然已经找到几张买了下来，但一定还有别的。可是，在如此庞大的CD群落中，该如何找到它们呢？……只要想到这些，我就会陷入失落。

有这种感觉的不止我一个。最近见了TEI（TOWA）[1]君，他告诉我现在流行"极简"。我想意识到这一点的人不在少数，这是一个人们都想在某些方面"做减法"的时代。而电子乐率先这样做了。这种音乐的核心是"极简"（minimal）的东西，它的根源是那种被过剩事物压倒的感觉。领先于其他事物的这种音乐潮流，恐怕直白地呈现了人类应该选择的前进方向。我认为，不久后电

---

1 TEI（TOWA）：正式使用的艺名为テイ・トウワ（TOWA TEI），据说汉字名为"郑东和"。生于1964年，日本DJ、音乐制作人、艺术家。

子乐就会拯救这个世界。

试着空想一番未来都市。通风良好，能看到土壤，建筑最好也保持着过去的样式，但现实并未这样发展——至少现在如此。

现在，都市的首要问题之一就是热岛效应。根据学者们的看法，东京已经率先开始温室化，气温升高的恶性循环已无法阻挡。现代人不断建造坚固而隔热的摩天大楼。结果，在夏天必须用空调。所谓空调就是发热的制冷机器。所以，会让室外温度额外升高。到底该怎么办呢？这不是逃离城市就能解决的。停掉空调就会很热，这是事实，谁都无法逃避。

我感觉这种窒息的苗头，大概能回溯到二十年前。从我偶尔在意起混凝土下的植物会怎么样开始。植物，一直都在地下等待可以自由发芽、沐浴阳光、顺畅呼吸的日子。一旦考虑到这个问题，就会对植物的心情感同身受，体味到憋闷。混凝土是一种异物，如果首先不把这种东西从地面清除……

老家的土地上建起事务所大楼时，我也有同样的感觉。虽然那只是座地下一层、地上三层的大楼，但重量可想而知很惊人。而比它重几百倍的摩天大楼正源源不断地在东京拔地而起。能平静地任它们增加的人……最终能否为此负起责任呢？

举个例子，只要我们还依赖空调，就无法逃离热岛效应。如果不停止使用空调，不仅是城市，热岛效应还会蔓延到整个地球。学者们认为，如果这样发展下去，城市将变成无法居住的场所。但即便知道这些，人类这种生物不到万不得已，不会纠正自己的恶习。只有到了最坏的情况才会开始改变。而那个最坏的情况，那个“万不得已”的时代究竟会是怎样的时代啊。

当然，为了避免热岛效应，应该在空调问题之前先从根本上重新思考建筑的问题。我知道一条或许能成为解决方案的提示性线索——服装的新材料。最近我穿的所有衣服都是运动服，是为了让雨水或汗液能迅速蒸发而开发的。洗起来也很方便。这是我认为目前最“极简”的东西，甚至觉得除它以外不需要别的衣服。可能的话，我也想住在如此轻盈而透气性极佳的房子里。音乐也极简，服装也极简。接下来的生活也会向这个方向发展吧。不这样我简直忍受不了。

单纯回到过去的自然中是不可能的。比如住进木头房子里，这就适得其反完全不现实了。接下来的三十年，技术与电力、电子乐都会做出调整吧。汽车的燃料也会从石油变成电力吧。毕竟，如今，如果没有电，连音乐都将不复存在。所以在我看来，目前的电力时代会持续下去。但，更远的未来呢？在想象这些的时候，我想起了被自己视为宝贝的留声机。在电力时代之后，不需要电力的留声机那样的机器会被需要。我的终极目标就是这样。但在抵达那里之前——要做的事情还有很多很多。

回过神来，已经来到这里

1999 年以后，我和久保田（麻琴）君组成“Harry & Mac”做了 *Road to Louisiana*[1] 这张专辑，又重组了叮砰[2]，制作了小坂忠等老朋友的专辑，已经三年多没有休息了。我在其间体会到的最大变化或许就是久违地拥有了演奏者的心情。弹贝斯本身就很开心，知道自己在进步会更觉有趣。那段时间，（高桥）幸宏问我“要不要一起干”，于是我们组了“SKETCH SHOW”。但实际上，专辑 *audio sponge*[3] 的录音花了九个多月的时间。在这个过程中，幸宏和我的想法发生了非常明显的变化。

---

1 *Road to Louisiana*（1999）：深谙此道的两人做出的松弛惬意的美国公路音乐。——原注

2 叮砰（Tin Pan）：2000 年在 20 世纪 70 年代的叮砰巷（Tin Pan Alley）基础上重组的乐队，因原有成员松任谷正隆不再参加，所以队名也特意少了一个词。

3 *audio sponge*（2002）：与高桥幸宏组成的双人团的第一张专辑，总让人不自觉想到 YMO。——原注

一开始，从贝斯手的意识出发录的歌是“Turn Down Day”。觉得这样可以很好地表达这首曲子中的有机声响。但事情并没有就这样结束。象征性的事件发生在制作第一首歌“Turn Turn”的时候。拜托 TEI（TOWA）君混音的时候，他提出“希望能加入歌词”的要求，于是就要想一些能搭配曲子的歌词来录音。

我的电脑里有一个从DVD里收集有趣句子的文件，叫“《X 档案》的英语”。幸宏看了那个，觉得跟旋律很合，挑出了《圣经》里的一句话——“You must come full circle to find the truth.”（真相必须绕一圈才能找到。）[1] 我们给它配上旋律，幸宏先唱，再由我唱同样的旋律。听到两个人录音后交叠合唱的声音时，我意识到“这是 YMO”。这完全出乎我的意料。因为在开始做“SKETCH SHOW”的时候，我们两人完全忘记了自己是原 YMO 的成员。但 YMO 通过这段合唱的声音“出场”，使这句歌词对我们越发意味深长。对，我们绕了一圈才到达了目的地。

在那以前，两个人都觉得自己在做的事还没有一个

1 本句为《X 档案》第 3 季第 11 集中的台词，由牧师所说，并非《圣经》原文，疑似作者笔误。

明确的定位，但通过这句歌词，我们有了明确的意识。我明白了，人的一生就像在画圈，是在回溯那个原点一般的地方。虽然看似回到了同一个地方，实际却并非如此，也会有一种强烈的感觉，自己是从遥远的对岸而来。

以前我也经常感觉“这个我之前经历过”。这几年的事情也一样——从“Harry & Mac”到“SKETCH SHOW”。虽然我很抗拒回顾自己的过去，但或许到了必须去回顾的时候。我以前只会觉得，过去的一系列事情都排列在自己走过的一条直线上。当然，时间的样态是循环的，是螺旋状的。螺旋这种东西，从上方俯瞰是一个圆，但如果从侧面看，就能明白随着时间的推移，次元如何发生了改变。可是，这只是一种思维，我并无这种真实感受。而且，这个圆拥有极大的圆周，要回到最初的那个点将经过非常漫长的过程。这就像想直接进入宇宙空间，必须绕圆形轨道前行。

“SKETCH SHOW”录音期间，我在“HAPPY END PARADE”活动中做了表演。当时，幸宏来到后台，带来了他负责混音的那首“Microtalk”——一支纯正的电子乐作为伴手礼。因为他觉得做得不错，想让我尽早听到就带了过来。但是，当时的后台还飘荡着“Happy End”的氛围，很难在那时放出来。等到大家都离开，我才终于用收录机听上了。这首时兴的抽象音乐播放出来的一瞬间，浸染着“Happy End”色彩的后台空气就为之一变，我受到了冲击，不假思索地脱口而出：“真是走到了好远的地方啊。”我想，幸宏也有同样的感觉。这就是那种绕着圈从遥远之地归来的螺旋之感。

在还不懂“绕圈”之意的时候，我因无法从自己经历的过去中逃离而感到焦虑。意识的角落中觉得明明“有自己独立想做的东西”，但一直处于别的工作中而做不了。实际上，正因为做了“别的工作”，回头一看才发现自己想在个人活动中实现的一鳞片爪已经在其中显出端倪了。比如，我一直想做的抽象电子乐就在这次的专辑中被完全激活了。或许，这种音乐注定就是要在“SKETCH SHOW”中问世。我可以将“想做的东西”视为理想，也可以将其看作一种幻想。而这种幻想就是从自己想做事情的焦虑中不断获得力量，并用在当时的工作中。这就是属于我自己的力量，我就是这样做出音乐的。

我在这次的录音过程中有了各种各样的发现，幸宏也好，我也好，都渐渐改变了。将这些变化呈露出来的 *audio sponge*，对我来说是一张富含深意的唱片。

唐望的教诲与我

第一次接触到卡洛斯·卡斯塔尼达的著作是20世纪70年代初期的事。这部十二卷的著作在那之后陆续问世，叙述者是人类学家卡斯塔尼达本人。这个系列的主要内容是，他为了学习草药学拜印第安亚奎纳族咒术师唐望·马图斯为师，从而开始精神之旅的跋涉记录。

最近，我偶然听人说起："其实我也是从20世纪70年代开始读卡斯塔尼达的。"看来，注意到这本书，从那时就开始偷偷持续阅读的人，不止我一个。这本书的内容绝不是简单的信息传达，所以需要在自己内部去消化、接受。而且，80年代以后，美国掀起了辨别这本书到底是纪实还是虚构的争论，引发了寻找唐望的热潮。有人怀疑书本身的可信度，致使它沾染上了可疑的色彩。但是，我在读这个系列的过程中明白了一点，其中写的都是"真实"，而它是不是"事实"则无关紧要。恐怕除了我，其他读者也有同样的看法。

刚开始读第一卷的时候，嬉皮世界的气息扑面而来，它清晰地传达了叙述者卡斯塔尼达服食药草时体会到的恐惧，让我以为这是一部净是恐怖内容的作品。但这种印象在读第二卷时改变了。“药物本身并不重要，只不过是一个入口”，从这句话开始，这本书读起来突然变得行云流水，内容也自然而然渗入了我的内部。那时，叙述者已经成为我自己的投射，我在很大程度上被拯救了。

这个系列我基本上每十年就要重读一次。第二次读是在20世纪80年代初期，我开始出入寺庙、神社的时候。因为我的思想根基中有唐望表达的自然观，所以才得以接近宗教的世界吧。深入宗教世界会发现其中尽是抽象、暧昧、不明所以的东西，而唐望的表达则具体而明快。恐怕这些观点是亚奎纳族人为了自由生活而实践过的。

比如，当听到午饭的信号笛响起时，卡斯塔尼达说“去吃饭吧”，结果被唐望惩罚了。因为在固定的时间重复固定的行为，会有被敌人袭击的危险。只能面临兔子一样被狩猎的命运。唐望教导他，不应根据报时进食，在感觉到饥饿的时候进食即可。我自己也有和卡斯塔尼达一样固定的行为模式，所以读到这里的时候深以为然。可以说，对平时觉得理所当然、不容置疑的事物，换一种角度去思考和对待，就是这个系列的特点。

20世纪80年代末，我进入了阅读这个系列的第三“疗程”。因为是国际少数民族年，美洲原住民在媒体上登场的机会突然激增。那时，我读到了滚雷的书[1]。通过它，我得以对卡斯塔尼达著作的根基有了更立体的理解。此前我都觉得，卡斯塔尼达记录的内容虽然看似是现实中发生的事，实则只是疯狂的神话。但读了滚雷的书，我明白了那是有明确体系的传统文化。至今为止影响我的东西在美洲原住民的世界中只是常识。我为这种“恍然大悟”的发现而兴奋不已，在自己内部重新构造了唐望的教诲。我遵照着他们的智慧生活，深深沉浸在泛灵论的世界观中，度过了幸福的时光。

而改变这些的契机是我亲身去了亚利桑那，体验了类似“幻象探索”（vision quest）的事。在那以前，我一直留着长发，以一种老人的心态生活着。事实上，我心里也把自己当成了泛灵论世界观中的长老。这种状态下的我以电视节目的拍摄为契机决定去亚利桑那的时候，认真考虑了一番。如果以这种状态去亚利桑那，只会被人看出我的“欲念”——想成为美洲原住民，这让

1　此处指《滚雷——探究药物的力量》（ローリング・サンダー——メディスン・パワーの探究，1991）一书，该书描绘了社会学家与生活在现代社会的美洲原住民萨满交流的日常。——原注

我难为情。所以我一口气剪了头发，回到了一无所知的状态奔赴亚利桑那。白纸状态下的我遇到了原住民导游，吸收了很多知识，获得了很好的体验。在那之后回到日本的我，从泛灵论长老的气质中脱身而出，再次踏上了自己的人生之路。具体来说，就是埋头于音乐之中，淹没于生活之中。这个延长线上，就是现在的我。

无法整理的烦恼

我想继续写写唐望的教诲。在唐望的世界观中，存在“托纳尔”（tonal）和“纳瓦尔”（nahual）两个世界[1]。简单来说，“现实世界”是托纳尔，而“内在世界”就是纳瓦尔。过去，虽然人类一直生活在纳瓦尔世界，但现代之后发生了逆转。人类全体从某个时期开始集体朝着相反的方向移动了。

在亚利桑那，我拜访了神秘的阿纳萨齐人（Anasazi）的生活遗址。虽然纳瓦霍人和普韦布洛人（Pueblo）将

---

1 “tonal”和“nahual”这两个概念在很多古代文明中都成对出现。简单来说，“tonal”的词源为“tonatiuh”，意为“太阳”，可以延伸为“现实世界、明亮的世界”；“nahual”的词源有两个，一个是“nehua”，意为“我”，一个是“nahualli”，意为“能够被扩展和延伸的事物”。“tonal”经常被用来表示真实存在的客观世界、清醒世界，而“nahual”则被用来表示客观世界以外的人的内部世界，如梦境、想象、感知力等等。这对概念富有极强的神秘主义色彩，没有真正明确唯一的定义，有时也被翻译为“阳胎”“阴胎”。本书采取音译，以避免它的异文化色彩以及暧昧性被明确的中文表意限制。

阿纳萨齐人当作祖先崇拜，不过，他们的生活方式尚不太明确。遗址位于海拔很高的地方，冬天会冷到下雪。但他们却赤身裸体在户外生活——似乎有办法调节体温。另外，他们好像晚上也不睡觉，只是靠着树木或岩石休息个十五分钟。本来觉得很不可思议，但是仔细一想，自然界的动物不都是这么生活的吗？阿纳萨齐人这样的人类想必是生活在纳瓦尔世界中吧。

现实世界中也存在纳瓦尔世界。现代以来，我们一边生活在纳瓦尔世界，一边理性地构建出另一个世界——托纳尔世界。如今，托纳尔世界已经太过膨胀，所以出现了各种各样的扭曲。我认为，表现这种扭曲的直接现象之一，可以总结为“没有条理”。

唐望认为，要到达纳瓦尔世界，就必须整理托纳尔世界。读到这一节的时候，我觉得这完全是在说自己。为什么这么说呢？因为我的房间永远很乱，没有整理过。如今“无法整理”的那类人成为话题，我对此无法置身事外。大部分现代人都像患有强迫症般大量买入物资，塞满屋子和冰箱。我也有这样的癖好。

但是，无法整理对人类来说到底意味着什么呢？以我今年两岁的孙子为例。一般小孩子都拥有充沛的能量，以压倒大人的气势不眠不休地活动。他们绝不整理，日常就是散乱无章。看着这样的小孩，我觉得也算是人类的原始状态。

之所以这样，是因为自然界的基础本来就是“过一天算一天”。但是，从某一天开始，人类想要克服这种“得过且过”。为了抵御饥饿而储存食物，固定住所，耕种田地，还开始考虑长寿之类的事了。这样行事的苦果，我们已经尝到了。这个世界充斥着“物”，我们已经无法与“物”抗衡，而且已经快被“不得不整理”的压力击溃了。我想，人与物的关系，以及随之而来的杂乱无章，与其说是单纯的疾病，不如说是人类的主题。

唐望说过：“烦恼和困扰的时候，想想死吧。如此这般就可以冷静下来。”如果可以追根究底地思考死亡，或许就能整理物品了。思考一番自己的死，就会明白自己真正需要哪些东西。物品的增加会成为压迫，令人感到不快，就像背负着现实世界的重担。毕竟不论是多小的物，换算成基本粒子就会有很强的存在感。不整理物品的存在感——依照唐望的理论，即不整理托纳尔的力量，就无法进入另一个世界。对托纳尔的整理某种程度上关联着对死的准备。

之前也提到过，最近在做音乐的时候我有一种强烈的冲动，想尽量减少“音符”。我希望在做音乐的时候，尽量不要产出“垃圾”。当然，我在日常生活中也非常在意垃圾。本来，自然界的一切都可以顺其自然地进入循环，不需要什么整理。当看到过于杂乱的房间时，我会想：“如果这里是森林，就这么放着不整理也会变干净。”但是，人类社会无法如此，我们的社会无法解决垃圾的问题。

在美洲原住民看来，世界万物都可以归入“药轮”之中。只有人类被排除在外。这就是因为人类克服了种种自然条件，开始储存和耕种。所以原住民说，人类如果不努力就无法进入“药轮”。我住的地方要区分可燃垃圾和不可燃垃圾，但是玻璃纸和塑料薄膜上贴有纸的话该怎么分类呢？这些细碎的事情让我每次扔东西时都很烦恼。作为动物，我们果然也有“进入循环”“被纳入自然界之中”的欲望。

Mac OS X的冲击

我和电脑的交往由来已久。不过，YMO时代还没有个人电脑，只有专业的音乐电脑。后来，工作中开始使用初期的PC9800系列，个人则开始使用Macintosh[1]。大家都知道Mac很容易死机，但如果用惯了也能以频繁备份的方法应对，这个缺点就变得可以原谅了。人不也一样吗？爱能包容缺点。我觉得Mac就像我的镜像，我们连缺点都一样。实际上，Mac是自由度非常高的电脑，根据使用者的不同会展现出完全不同的样子，所以更加有一种它是使用者镜像的感觉。

经常有人说，电脑就是人脑外挂的记忆装置。所以，一旦无法启动，这个世界就会一片黑暗，存储的东西就会全部消失，人也陷入恐慌。在电脑还没有如此普及的时代，我习惯用本子和铅笔记笔记。我中意施德楼

1　Macintosh：苹果公司Mac系列电脑最早的叫法。

（STAEDTLER）的零点七毫米自动铅笔，常将其作为笔记工具带在身边。大约十年前，我开始使用电脑替代纸笔。记笔记的时候，我也很在意字体和编辑软件，会在免费软件和共享软件里找自己喜欢的。基本上，Mac的用户都不会满足于原始配置。按自己的喜好定制也是Mac的魅力之一。

不必深思熟虑，当作玩具一样娱乐就行。这是Mac的另一个特点。与在此之前不输入命令就无法执行的操作系统不同，在Mac里使用鼠标拖动和点击就可以直观地操作。由乔布斯和沃兹尼亚克（Wozniak）这“两个史蒂夫”开创的世界，在很多人的支援下，存续到了今天。

因为Mac中无论多重要的系统文件，用户都可以随意改动，所以会有程序员在文件中玩笑般地藏入自己的主张。找到这些玩笑也是游戏的一部分。虽然这是Mac的有趣之处，但从2001年登场的OS X开始，这种游戏消失了。也就是说，虽然OS X依然拥有Mac式的界面，但最根本的操作系统已经变成了UNIX这种完全不同的东西。

使用者看不到OS X中的重要文件，也就不能随意更改。这样一来，与以往不同，如今只能在不明白的状态下对自己并不完全明白的东西进行操作。这对拥有二十多年历史的Mac而言，是极为重大的变化。而且，2003年以后发售的机型都只能在OS X状态下启动。这令我在内的很多熟悉Mac的用户感到不安。拥有游戏之心、崇尚自由的Mac文化，最终只存续了二十年就要结束了吗？

前几天，我为了买电热水壶去了大型电器商店，结果所有的商品都是一副奇怪的企鹅形状，让我觉得很恐怖。本来觉得“说不定看久了就习惯了”，苦恼了三十分钟，最后还是空手而归。第二天，我怀着一丝希望去了进口商店。那里出现了我想买的款式。终于从“必须从这些企鹅里选一个不可”的催眠术里回归了正常，决定“从中选一个设计不错的款式”。

不限于水壶，一旦我想买什么东西，就绝对找不到。如果以“想要这样的设计”为方针去生活，简直压力巨大。本来，买东西的时候，纠结应该买哪个是有乐趣的事。但是，日本现在的状况是商家和消费者之间的沟通完全被阻断了。我每天都被迫体会着这种违和感，甚至觉得“不能再沉默了，现在难道还不该发火吗？”性格偏向悠闲自在的我这次真的生气了，还是直接表达出来比较好。

回到 Mac 的话题。在几乎所有公司都变成“跨国公司”的美国，苹果是一家稀有的公司，它保持着自己的独特色彩。但作为一家公司这样做会陷入危机，所以大家支撑着它不让其崩溃。这就是为什么每当它发售新产品的时候，人们会购买支持。这样的苹果表示，从新机型开始不再使用旧的操作系统，令人不知所措，毕竟还有很多软件无法兼容 OS X。这只会令选择范围变窄。使用 Mac 的人最担心的就是不能做喜欢的事。本来就是因为喜欢这种独特的色彩才一直用着 Mac，结果连它都开始限制了……“柔软的法西斯”正在蔓延，世界将渐渐陷入压抑之中。

知晓变化之乐的那天

不论是谁，都很容易忘记“世事难料”的道理。人生在很多时候都被一条看不见的线圈定着，跨过它的一瞬间，所有的一切都将被改变。交通事故就是一个很典型的例子。前几天，我也跨过了那条改变一切的线。

那是“SKETCH SHOW”巡演的最后一天。这次的巡演，因为音乐很有紧张感，所以我和（高桥）幸宏达成共识，要尽可能让观众笑。最后那天想着反正也没有电视台的摄影机拍摄，干脆随心所欲演一场，幸宏就说：“要不要把眉毛弄细？”以很轻松的心情弄了以后，我们发现颇有宝冢风，觉得应该能让大家笑吧。结果跟我的预想不同，众人居然评价“感觉心术不正，很可怕”。实际站上舞台以后，观众好像在看一个“跟细野很像但不是他的人”一样，陷入了迷惑。仅仅把眉毛变细就能让一个人形象大变，像男旦，像牛郎，各种意见乱飞。甚至我自己看了镜子也觉得里面映出的是别人，自我认同都卡壳了。

一直以来，我也会为了拍摄和演出化妆。但是，化妆只不过是涂了一层面具。与之不同的是，根据我的体验，将眉毛变细是将自己内里的另一种人格展示出来。平常我经常被说像狸，会被亲密地叫作“小狸”。但是，修了眉毛居然被说“看起来心术不正”。虽然我觉得自己挺“小狸”的，但指不定也有“心术不正”的一面。这是不修眉毛就不知道的事。

以前，我觉得人的自我意识集中在鼻子上。因为整张脸上自己唯一能看到的部分就是鼻子，所以平时一直能意识到鼻子的存在。但眉毛这种东西，虽然自己完全看不到，别人却都能看到。因为动了眉毛，我发生了重大变化。不同的自我意识出现了，让人不由觉得很多东西都将发生变动，这简直有趣得不得了。以此为契机，我想让这种感觉再稍微持续一段时间——虽然遭到了周围的反对……

这个世界上有自我意识很强的人，也有不那么强的人。我的话，从小就觉得自己很平凡，是个普通人。进入青春期以后，和常人一样对自我认同有了一些动摇，但总体来说还是保持着平静。但是，成立 YMO 以后，有人对我做出了类似“脸不是很阳光”这种负面评价。一般来说，成为艺人，自我意识多少都会高涨，我却相反会低落。这二十年里我只在仪容仪表上留心，其余都随便。但通过这次的眉毛变化，我的想法实现了重置。

人如果到了五十五岁，大抵都会觉得自己不会再变化了。但是，回顾去年一年，我到了五十五岁也还是发生了很多变化。不愿改变是人的本性，我想这就是唐望所说的，对“焦点移动”的抗拒。也就是不希望焦点，即对世界的观看方式改变。但是，仅仅因为一点契机就发生变化才是宇宙的法则。比如，仅仅因为眉毛稍微变细了，意识就会发生变化。

安定还是不安定？幸福还是不幸？我们被这堪称现代神话一般的妄想洗脑，总在思考自己究竟坐在跷跷板的哪一侧。焦点的转移只不过是从这个跷跷板上下来而已。明明下来会更轻松，坐在上面才会烦恼。独自一个人下来，看着别人坐在跷跷板上的场景很有意思。试着减少一些对改变的抗拒，就可以看到不同的风景。

始终追求新的事物

上一篇我写到了仅仅因为稍微改变了眉毛的形状，自我意识就发生变化的事。恐怕谁都认为自己不会如此。我自己也是，好几次都觉得“以后不会再有什么变化了吧”，结果没过多久就会有新的变化造访，每次都能让我尝到新鲜的滋味。

YMO 世界巡演的时候，我的精神状态处于低谷。很多事情都不顺利，我感到孤立无援，简直是在脖子被勒住的状态下焦虑地出发了。长达一个月的巡演，前半程我都在酒店发呆度过，两周过后，我开始胡思乱想，觉得自己恐怕要被击溃。为了逃离这种状态，有很多人会使用药物，但我想寻找替代的方法，从寻找“治疗法”到瑜伽，也找了各种书来读。其实关于呼吸法、冥想术，我也算掌握了不少。平时心情稍有点低落的时候并没有想要实践它们的欲望，但当时确实是一点办法都没有了，所以第一次有了想试试的心情。

当时所做的冥想非常深入。幻化出未来的自己，俯瞰着现在的自己。然后，我感觉未来的自己才是本体，看着现在正在冥想的那个我的身影，感到哀伤。也就是说，我拥有了客观视角。冥想结束回到现实后，我明白了在我之中存在着一个本体的自己。而且，我能切实感觉到被那个存在所救。以此为契机，我发生了变化，在巡演的后半程，得以成为一个“靠得住的人”，主要是作为 YMO 队长的自觉和责任感萌生，能够考虑周围的事物了。那期间，我变得很充实，获得了“这样就很好”的自信。人如果过分拘泥于某件事，或者被孤独或嫉妒之类强烈的负面感情控制，就会陷入妄想。我在那个时候学会了如何让它们在自己的内部燃烧、溶解。

那之后，我一直保持着这种状态，犹如从高原乘滑翔伞飞行。因为在滑翔，所以即便看到低谷也知道自己可以跨越。但是，这种难以掌握的、微妙的飞行平衡，稍不留神就会突然崩溃吧。我感觉到，原以为一直会持续下去的滑翔状态，最近出现了一些细微的变化。哪怕看上去很安定也并不是完全不变，我这种将绝妙平衡保持十年以上的状况只是偶然的运气吧。

追求新鲜事物的心情，我一直都有。千禧年之前，氛围音乐做到最后，快被榨干的那段日子，我从音乐里得到的刺激减少了。当时虽然随口说“Happy End也做了,YMO也做了,够了,我要隐居了”,但从成立公司“雏菊世界”(Daisyworld)开始,很多事情显出了新的走向。

那时，很多人看到我的动向都问“为什么不出个人专辑呢”，我只能回答这就是命运。YMO后的二十年就是这种命运的累积。确实,或许从制作人的立场出发,组团、参与项目，终究和制作个人专辑不一样。但我最近确实感觉个人项目与合作项目区别不大了，是不是和别人一起对我来说也不再重要。因为不论和谁一起，事情本身都不是目的。

这次，幸宏说要不要一起的时候，我一开始是考虑作为制作人参与的。就在合作的过程中，我明白了他想做出某些新东西。这么一想，叮砰巷时期也一样。(铃木)茂他们的那句“想做点什么新东西”是一切的开始。如果只是重复过去,即便当作命运也很难接受吧。因此,现在我在与别人合作时,只会凭借那种“想做出新东西”的心情来行动。

这是因为直到现在，我自己也一直怀抱着发现新音乐的惊喜在接触音乐。这其中有自然涌现的愉悦和刺激,能带来动力。最近我甚至认为只要有这些就够了。因此,不会特别去纠结完成度。某种意义上，也可以说变得粗放了。所以我很庆幸有心思细腻的幸宏在。虽然没有刻意计划与人合作，却托命运的福一直能与人合作，还做出了很不错的成果。所以，拿“SKETCH SHOW”来说，这是不和幸宏一起就做不了的事，能一起做真的太好了，这样看来，人类真是任性妄为啊。

所谓恰到好处的声音

在我小学的时候，日本掀起了立体声热潮。在那之前只听过收音机和黑胶唱片声音的我，在秋叶原与巨大音响发出的超大音量低频相遇时，整个人都麻痹了。摇摆身体与声音共振的感觉极好，让我直观地觉得“就是它”。上了中学以后，家里买了立体音响器材，我就坐在客厅的巨大音响上每天听音乐——隐约觉得低频对身体好。这或许就是我沉迷音响的开始。比起现场演出，我更喜欢收音机和黑胶唱片的声音——电路被放大，低频也被处理过。在这个过程中我也日益狂妄，会因为大西洋唱片（Atlantic Records）刻录的低频更丰富，就觉得它比飞利浦唱片（Philips Records）好。[1]

1 “大西洋唱片”和“飞利浦唱片”都是老牌唱片公司。“大西洋唱片”来自美国，成立于1947年，现为华纳音乐集团的子公司，早期以节奏布鲁斯、爵士乐唱片闻名。“飞利浦唱片”由荷兰飞利浦子公司飞利浦唱片工业集团于1950年成立，后数度更名，（转下页）

黑胶唱片当然有其作为商品的限制。在从双轨过渡到多轨的时代，录音工程师中有一种强迫思维，觉得必须把音轨分离。录音在很大程度上受到他们审美观念的左右。唱片的宿命是，如果播放时出现跳针，就会被判定为劣质品。录音的功率太高或者低频过剩，都会跳针，这令工程师变得很神经质。而且，播放时本来就会发出“滋啦滋啦”的噪音，录音时绝不能有类似的声音。在那个时代，“Apryl Fool”（1969 年成立，成员包括小坂忠、菊池英二、柳田博义、松本零、细野晴臣）的唱片曾刻意加入了一些跳针的声音，还被制作方投诉了。

那之后过了三十多年，到了 1994 年的时候，德国的音乐人也开始在 CD 中采用同样的手法。也就是说，在极简主义音乐（Minimalist Music）中加入 CD 的数码噪音。第一次听到这种音乐时，我很焦虑，以为是自己买的唱片有什么数码故障，找来朋友的碟对比着听了后，明白了这种数码噪音是制作人有意加入的。这更让我震惊了。嘻哈音乐中经常使用的刮碟杂音（scratch noise）不知为何能唤起人的乡愁，而在 CD 中听到的数码故障音则很刺耳，让我产生了强烈抗拒。

（接上页注）历史复杂，自 2010 年起不再使用“飞利浦”的名称发行唱片，以大量的古典音乐唱片闻名。

要解释这个，就必须提到氛围音乐。在普通的音乐上叠加环境音般的音效，制造一种把音乐包裹在内的氛围，这就是氛围音乐的最初形态。可以说，音乐不再单纯作为音乐存在。制造出一种与音乐一起发出声响的大气层，甚至一种被称为地球情绪的空间，这表露了制作者无意识中的愿望——增进与地球的亲密感。因为加入了空气的声响，氛围音乐作为音乐宅人的四叠半[1]音乐，能让人感觉自己并非孤立于房间之中，而是与整个地球联结在一起。

如此这般，本来包裹着音乐的事物，如今被音乐包裹了起来。最初相互独立的音乐和音效不知什么时候融为一体，声音内部充满了空气本身。不仅数码故障音，最近的电子乐也拔除了自己的毒素，没有了挑衅的部分。风格更为洗练和大众化，人们也就不会对此有所抗拒了。但是，能发展到这一步是靠不同的人进行的无数次试错。不仅音乐风格，连声音本身都有历史。也有很多人纯粹地享受着巧妙处理了故障音的电子乐，但对于经历了很多内心纠结的我来说，每一个故障音都能带来深刻的感慨。最近，我每次见一些非音乐人，都要问人家：“要

---

1 “叠”是榻榻米的计量单位，一叠约为一点六二平方米。“四叠半”为日本一间普通单人房间的大小，也引申为拥有普通或较低经济水平的城市单身族所拥有的个人空间，带有“狭小但自在”的情感氛围。

不要来做音乐？”这是因为托电脑的福，即便没有接受过音乐教育、不会演奏乐器也可以做音乐了。如今，做音乐这件事回归到了原始状态。

现在的我觉得用鼻子哼出来的歌很有魅力。不是大声唱出，让很多人听到，而是只以眼前的人能听到的音量唱歌，这不也很好嘛。从很早以前我就觉得歌剧一般的歌唱方式很有违和感。那难道不是一种帝国主义式的表达方式吗？如果这样的东西充斥在世界中，人就会越来越少地用自己的音量奏乐。这个时代的电子乐之所以有趣，就是因为大家是在自己的房间里制作的。四叠半电子乐的感觉突然变得非常明显。

就算没有接受过音乐启蒙，敲一敲身边的东西也能发出声音，用鼻子也能哼歌。自己发出的声音不论怎样都能变成音乐，或许已经不需要什么特殊的乐器和器材了。录音的时候租借昂贵的录音室，这种做法在我看来已经完全过时了。现在我最想录音的地方是自己的房间，或是完全无法收音的户外。我有一种强烈的想法，要离开专门为了收音而创造的环境。

“有趣”的关键是什么

最近，我在读丹麦科学评论家陶·诺瑞钱德（Tor Nørretranders）的《使用者的幻觉——意识这种幻想》[1]。这本书很厚，将近600页，还没有读完，但已经觉得很有意思。

比如“周边信息”这个概念。人在写邮件的时候，并不会把一开始想好的东西原原本本、逐字逐句地变成文章。而是会将想写的东西排列顺序，并做取舍，压缩语句变成文章。如果最终的邮件主体是“信息”（information），那舍弃的部分就可以称为“周边信息”（exformation）。发件人花费了时间和精力整合出条理，得以让收件人只接收“信息”。但是，这套做法能够成立，是因为发件人和收件人在一定程度上共享“周边信息”。

1 《使用者的幻觉——意识这种幻想》（ユーザーイリュージョン——意識という幻想，2002）：直逼“意识”存在的欺骗性，丹麦科学记者所著的畅销书。——原注

不然对收件人而言，他收到的就只是不明所以的短邮件。作者想说的是，其实“周边信息”比“信息”更重要、更有价值。

另一个有趣的点是关于复杂性和意外性的说明。比如和人描述看过的某部电影的时候，如果一个场景一个场景按顺序说明，话题就会变得无聊（虽然这种人很多）。如果在描述的时候概括出重点，听的人就不会觉得厌烦了。作者认为，人类对混沌无序以及秩序井然的东西都不会太感兴趣，因为其中没有意外。横亘在两极之间的复杂性才是对人类来说最有趣的东西。人类如果从混乱无序中发现什么规则，就会突然开始感兴趣。

这样一说，我也想起一些经历。其中一个是我这段时间在工作室遇到的灵异现象。工作室放着两台相连的电脑用来操作 midi 文件，但因为输入信号有误，数据溢流产生了反馈噪音。这种情况，一般电脑会死机，强制关闭音乐软件就没事了——我刚放下心来，结果下个瞬间，开着的合成器竟自顾自开始演奏起来。

我没有立刻按下暂停，因为这段“音乐”中存在着某种东西。那听起来很像施托克豪森（Karlheinz Stockhausen）的音乐，我听了五分钟，发现其中有某种模式。当持续音保持一段时间后，就会开始有断断续续的低音和高音交替，而且还把输入合成器的各种音源一个不落地都用到了。因为太有趣了，我陷入兴奋，毫不犹豫地用 DAT 录了下来。

到底是谁做的？我有想过音乐是灵感从天而降，以我为媒介演奏出来的。但这次灵感没有降临于我，而是直接降临到了合成器身上。工作室的音箱上立着贝多芬的石膏雕像，那是我祖父的遗物，远远地看着它，我想："如果贝多芬活到现在，说不定也会想做这种音乐吧。"我听着这段音乐,时间长到能任由我展开想象。对我来说，这也能被称为一种"作品"。

如果那只是单纯的音符排列，应该会不堪入耳。但它蕴含着某种复杂和秩序的平衡。这与最近那种音响系的音乐在方向上有相通之处。这种音乐的特点或许是，让音与音之间拥有极高的密度以制造复杂性，同时，又在本质上接近一种无秩序。况且在这种音乐之中，包含着很多无法理解的波形。哪怕只是稍微听一下都会淹没在无法简单解析的信息之中。而另一方面，为了到达这一步应该还舍去了大量"周边信息"吧。

音乐在被制作之前，处于无序的混沌状态。经过整理无序、聚合资料、编写旋律、丢弃旋律的过程，才渐渐成形。如果不历经同样的过程，却想得到同样的复杂结果，那做出的只不过是汇聚了杂乱信息、表面上复杂的东西。没有从成品中除去“周边信息”，就会完全丧失复杂性。复杂性这种东西就是从大量丢弃中诞生的。

人类对于“周边信息”的缺失很敏感。所以，不经历过程直奔目的做出来的东西，立马会被看穿。而能分辨个中区别的就是人类所持有的、最基本的那种对有趣事物的直觉。这不仅限于音乐。与超出预期的事物相遇时，不论是谁都会觉得兴奋，从而让大脑活跃。激发好奇心，刺激想象力的意外性和复杂性，对人类来说不可或缺。

人民的声音，人民的歌

美洲原住民不论表达什么都要发出声音。沉默无法让对方理解自己的想法，不出声就无法传达。比如，如果有事要对朝阳祈求，一定要出声唱出祈祷。过去，日本一直通过文字以心传心来表达事物，直到现在，冲绳的老者中还有人只用这样的方式传达意思。但是，这对我们来说已经行不通了，而且知道了原住民的思想后，我也变得会出声表达了。很多日本人都不擅长这么做，就算有什么想说的也会隐忍。我觉得正因如此，伊拉克战争的时候才几乎听不到关于战争的言论。

让我产生“美国人很有力量”这种想法的，是FOX电视台的搞笑节目*MAD TV!*。我看的是五六年前的系列，并不直接和伊拉克战争相关，但在节目中，克林顿、小布什等政治家，好莱坞的演员、歌手等名人全都被黑色幽默段子调侃了一番。这个节目让人感觉到，从出演者到工作人员，再到电视台相关人员全都拥有“以批评家的精神嘲笑权威”的热情。在日本，这种事绝无可能发生。

联合国对伊拉克的审查正胶着，社会对是否要使用武力的讨论甚嚣尘上之时，教授（坂本龙一君）频繁发来邮件。基本都是加入了自己看法的转发邮件，内容则多与反战、和平有关。他是我周围对战争最感焦虑的一位，因为对此刻正在发生的事抱有无力感和烦躁，陷入了消沉。

就在这个时候，他问我能不能一起做点什么。我们相互发送了以祈祷和祝福为主题的声音文件，决定试着做“连锁音乐”。然后，他就发来了一段一分钟左右的文件。那是断断续续地敲击一口动听的低音钟的声音。我按最低限度添加上声音，传给了 TEI（TOWA）君。TEI 君加上了鸟的声音，传给了智利的原子之心（Atom Heart）。原本预计花上几个月时间送到现代音乐家卡斯滕·尼古拉（Carsten Nicolai）和布莱恩·伊诺那里。但是，在我传给 TEI 君的时候，似乎有了一种战争要结束的氛围。教授发来邮件：“要继续现在的音乐吗？”在我看来，并没有结束的必要，所以就说：“好不容易开始了，一辈子继续下去吧。”结果得到回信：“我有了勇气，谢谢。”这次尝试，现在还在进行中。

这件事让我想起了皮特·西格（Pete Seeger）的《花儿都到哪里去了？》(“Where Have All the Flowers Gone?”)。西格以肖洛霍夫小说《静静的顿河》中的乌克兰民谣为根基创作了这首歌，1956年完成了录音。当时只有前三段，后来不知谁添写到了第五段，彼得、保罗和玛丽(Peter, Paul & Mary)改变了曲子的结构后，在1963年重新录音，乘着反越战的势头，这首歌在纽约的格林威治村成了耳口相传的歌曲。当年金士顿三重奏（The Kingston Trio）也演唱了这首歌，令它红极一时。这是由很多人参与、共同完成的一首歌，是真正意义上的民谣，也就是人民的歌。在某个纪录片中，西格也说这会是未来社会的状态。创作会变成由很多人参与、各自在能力所及的范围内出力的事。我们现在正在做的连锁音乐或许有点接近这种形式。

现在，很多人被裹挟进了美国国防部和新保守主义派的意图中。但也确实存在还没有被裹挟的心。我之所以觉得音乐很有趣，就是因为那些没有被卷入其中的音乐。每周，经纪人吾妻君都会买来新的CD，说："还有这样的音乐哦。"每张都令我兴味盎然，是无法随便听听的"有趣"音乐。

这些音乐不知为什么都让人觉得离战争很远。回过头去看，一直以来，从浩室音乐（House）到科技舞曲都是以俱乐部为中心发展起来的，节奏充满男性色彩，很多都虚张声势。有点像跟别人展示“怎么样，很帅吧”的“男性世界”。最近的音乐则少有男性色彩，也听不出挑衅——更准确地说，和那种男性音乐的挑衅不一样，能让人感觉到意外和自由。就在我说着这些的时候，也有新的音乐诞生于某处吧。我期待能听到它们，以后也想被这样的新音乐深深刺激。

打击乐的魅力

前几天，我被叫去参加照屋林贤先生的演出，在互动环节后的安可部分演奏了“卡恰喜”[1]。彩排的时候安排我敲太鼓。有大太鼓和小太鼓。虽然一次都没练习过，但没关系，我很擅长这类乐器。敲响以后，弹三弦琴的上原知子小姐高兴地说：“合上了哎。”我也觉得很开心，自然就配合上了。实在是令人愉快的时间。

说起来，小学时发生过这样一件事。学校的音乐教室放了一只小军鼓，虽然我每次看到都很想敲敲看，但被严肃的氛围压制着，到最后都只是看看而已。但某一天音乐老师休息，换班主任来音乐教室，还说“今天大家一个一个来敲小军鼓”。我想着“这一天终于来了”，特别兴奋。我在那之前别说接触太鼓，连鼓棒都没有碰

1 卡恰喜（カチャーシィ）：冲绳方言，冲绳本岛在宴席时演奏的喧闹的音乐，伴有即兴的快节奏三弦琴、热闹的吆喝声以及舞蹈。

过，但就是有一种能做好的自信。其他人敲的时候，我心想“真差劲”，终于到我了。我顺利地敲了起来，而且敲出了新奥尔良“第二列游行”[1]那样的节奏。班里的同学一下子沸腾了。

卡恰喜彩排时我也体会到了同样的快感，但正式演出并没有那么顺利。彩排时那种舒适的感觉没有出现，所以演奏的时候我总是断断续续以零点一秒左右的间隔停顿。因为思考的介入打扰了愉快敲击着太鼓的身体。

举个例子，平时我们走路的时候，如果去思考“我是怎么走路的来着”，就会瞬间变得不会走了。如果不把一切交给身体，思考就会让行动停止，变得不再愉悦。只有给身体以完全的自由，才能达到最愉悦的状态。以太鼓来说，只要自信地凭感觉发挥，就会越发顺手。节奏这种东西，不论什么时期、什么时刻都是这样。如果做不到就无法向听众传达愉悦。

在众多乐器中，打击乐器尤其以本能为根基，所以不用怎么学也可以演奏。小时候，我总是以羡慕的眼神

1 第二列游行（second line）：诞生于美国路易斯安纳州新奥尔良的传统丧葬仪式中的独特节奏。

盯着祭祀中的神乐太鼓、盂兰盆舞的高台鼓，想着“能不能让我敲一敲呢”。这是因为身体中有节奏的因子，觉得“现在如果让我来我也能敲”。本来儿童就对节奏很敏感。即使不练习也能敲出声音，这就是打击乐器，也是人类的节奏感吧。但遗憾的是，日本文化中有抑制这种原始节奏的部分。

不过，也不是所有的打击乐器都能任人迅速地敲出声音。比如，节奏沙球（Asalato）这种非洲打击乐器。把两个比高尔夫球稍小的、装入小石子的木质圆球，用短短的绳子连在一起，就成了这种简洁的乐器。但要用它打出正经节奏还是需要稍微训练一下的。晃动木球，里面的小石子会发出“沙沙”的声音。利用离心力让甩动的一只球撞击手中的球，就会发出“咔”的声音。“沙沙”与“咔”组合在一起就能创造出节奏。虽然并不是非常难，但要让身体适应这种律动需要一些时间。不过，不练习就做不好的事能为身体带来另一种刺激，让人变得愉快。

通过练习让身体记忆时，人会使用大脑。虽然打击乐最好的一点就是容易上手，不论谁都能弄出声音，但接下来需要的“大脑与身体的协调”也能产生别样的快感。换个说法，就是意识与无意识的连接。通过这种体验的堆叠，人类就能明白无意识之所以为无意识的原因了。比如，病快好的时候，无意识地晒太阳很重要。比如，无意识地挠痒会让皮炎加重，而意识到挠痒这一行为会让症状减轻——有医生会特别注意这个。不仅是疾病，在无意识下引起的麻烦也很多。通过意识的反馈审视自己，今后会变得越来越重要。

通过敲击打击乐器发出声音、在节奏中嬉戏，令我们在不知不觉间体会了这个道理。这绝不是痛苦，而是种快乐。而且，它能让人毫不厌倦地持续下去，难道不是最适合人类的活动吗？

“SONAR2003”的印象

6月中旬到下旬，我去了西班牙和英国，参加了巴塞罗那的“SONAR2003”、伦敦的“CYBERSONICA”两场活动。先去的是巴塞罗那，今年欧洲连日都是三十度以上的酷暑，简直累垮了。在户外待个三十分钟就会晒伤，出汗出到脱水。一不小心还会严重中暑，真的是非常危险的天气。

因为这种状况，我对巴塞罗那的第一印象非常糟糕。但不仅是气候。不论去哪里都挤满了游客，让人无法放松。我想着好不容易来了，去看看海吧。到了海港的餐厅，结果只是个汽车餐馆。在那里看到的风景只抵得上横滨码头、台场、芝浦的平均值。总之很扫兴。接着去了海滩，这次像到了热川温泉。而且据走得更远的人说，那里简直像湘南海岸。

西班牙人说话很快，一句话惊人地长。只是稍微说件事就能喋喋不休个五分钟。恐怕都是急躁的人。

这更加令人无法放松。唯一令我印象深刻的，就是汽车餐馆的服务生很可爱——不，这当然不是唯一。名为“塔帕斯”[1]的小菜和西班牙烩饭等料理也很好吃，最重要的是，我们此行的目的“SONAR”确实是非常精彩的活动。

正如“多媒体艺术国际博览会”之名所展现的那样，比起音乐节，它更接近艺术展。虽然与巴塞罗那的其他场所一样拥挤，却意外地安静，令人放松。这也是因为在这里演奏音乐并不是为了让人们活跃起来。在这里，以艺术的方式接触音乐的人很多。它不是像一般现场演出那样要令观众起舞，而是将聆听放在更为重要的位置上。而且，那种欣赏的方式非常大众，让我觉得很理想。

之后在伦敦参加的“CYBERSONICA”，说实话令我非常失望，因此纵然第一印象糟糕，我依然怀念巴塞罗那。“CYBERSONICA”虽然以白金汉宫附近的美术馆大厅为会场，乍一看觉得是很有艺术性的活动，实际却令人期待落空。“SKETCH SHOW”在三组中是第二个出场的，但第一组和第三组都是在日本被称为“朱莉

1 塔帕斯（tapas）：西班牙饮食中的重要部分，指正餐之前作为前菜的各种小吃，通常作为下酒菜。

安娜”[1]的迪斯科音乐。我完全意志消沉，陷入了低落。

后来遇到的人问我“伦敦的观众怎么样”，我回答“还可以吧，不过我不太喜欢演出阵容”后，却被告知“在当地这挺正常的”。我觉得很遗憾，伦敦明明有很多很有趣的电子音乐人，但整个行业还是一成不变地以市场为导向，在活动上也无法单纯地听音乐。主办方虽然是独立音乐圈的人，但独立生态不知为何还是一如既往被音乐产业裹挟，无法摆脱从独立走向主流的模式。

歌迷倒是和日本的很像。尤其是我被两个从利物浦过来、看起来很宅的歌迷认了出来，这很有趣。两个人都是四十多岁的男性，内向又小心翼翼，戴着眼镜，包斜挎在肩上。“等了二十年，你终于来英国了。”他们这么说着，拿出笔想请我签名，手还在发抖。跟日本的狂热歌迷一模一样。其中一人在演出期间站在最前排，神魂颠倒地看着（高桥）幸宏。

在伦敦也遇到了稍微成熟稳重一些的歌迷。我客气地说：“伦敦果然是音乐的中心。”对方却回答：“我觉得

1　名称源于迪斯科舞厅“朱莉安娜东京”（ジュリアナ東京）。它在1991年至1994年营业，一度是东京最大规模的迪斯科舞厅，最多能容纳2000人。其在流行文化领域中创造的最有名的景观，是身穿紧身衣的女性聚集在舞台上，手中挥舞着“朱丽扇”，这也经常被当作日本泡沫经济的代表性场景。

已经不是中心了。”接着他问我喜欢哪里的音乐，我回答“北欧”，对方说：“对，现在冰岛才是新音乐的中心吧。”确实意气相投。想必他和我以同样的感受听着同样的音乐吧。虽然伦敦的音乐同好们会听这样的音乐，但如今主流的音乐生活似乎还是以舞厅为主。从我的角度来说，那种单纯为了跳舞而生的音乐，只是作秀而已。

关于这一点，在“SONAR”遇到的音乐人就不会给我违和感。在会场的各个区域都能听到各国 DJ 播放的各种音乐，不时有自己平时在听的音乐混杂其中。当然，他们对我们的演出也热情欢迎。当场就有丹麦和奥地利的音乐从业者向我们发出演出的邀请。这种心情舒畅的感觉也是这样的活动才有的。沉浸在这种氛围中，我们也感受到了做“SKETCH SHOW”的意义，这就是本次旅行的收获之一。

怎样才能从容地变老

一到生日，我总会想起一首短歌："门松是冥土之旅的里程碑，可喜也不可喜。"[1]（一休）过去是按虚岁计算，所以过了正月大家都要齐刷刷地长一岁。这首短歌中，也蕴含着"不要以为正月就值得高兴"的意思。[2]在当下的日本，生日代替门松成了"里程碑"，但这种感觉绝对还没那么普遍。比如前几天，非洲的历苏（N!xau）先生过世了，但因为出生年月不详，周围的人好像就擅自决定了他的年龄。听说这件事后，我深感这是非常高明的方法。毕竟我很容易忘记自己的年龄，别人问起的时候，我一定会搞错一岁左右。

---

1 原文为"門松や　冥土の旅の一里塚　めでたくもありめでたくもなし"。

2 日本人有新年装饰门松的习俗，门松的出现代表着辞旧迎新，原本是高兴的事，但也是又老了一岁、更近冥土的象征。所以可喜又不可喜。

这个世界上的大部分人看起来都很在意自己和别人的年龄。比如，听比我年轻一些的山下达郎说，他会关心我、大泷（咏一）君以及松本（隆）君在他现在这个年龄的时候在做什么。也就是在自己的内部绘制年表，一边与他人对照一边确认自己的位置吧。与之相对的则是早早就失去父亲的（高桥）幸宏，每年都会意识到自己离父亲去世的年龄又近了一步。等什么时候超过了父亲去世的年龄，他一定会深深感慨："啊，都活到这个岁数了。"我也明白他们的心情。因为虽然我们都知道自己的人生总有结束的一天，却不知道究竟会在哪一天死去。他人的传记也好，父亲的卒年也罢，都是用来测量自己人生的标尺。

时间是无法倒流的，它总是比想象中流逝得更快。同时，因为惯性的存在，人类无法停止一直以来的运动立马换成另一种运动。

我去过几次健身房，在那里学会了使用室内跑步机。无论是在传送带上步行还是跑步，想要停下来的时候，要缓慢降低器械的速度。不想走了的时候如果错误地调节器械速度，就会犯恶心，头晕目眩。恐怕我们走在路上的时候，是在无意识的情况下自然而然地放慢速度吧。想要跳过减速这一步骤突然停下，身体是吃不消的。人的身体无法突然停下，我明白了这一点。

飞机着陆后，会在跑道上缓慢地低速滑行。这期间，我一定会望向窗外。然后，飞机停止运动后，眼前的风景依然在移动——当然，是朝反方向。对此，我无能为力。觉得有趣的同时，也觉得自己的感官其实被其他什么东西支配着，以致无法平静。

因为人始终向着一个方向前行，和飞机停止时一样，减速的时候必然会看到反方向的事物，多少会陷入混乱。经济高速成长期后，日本又经历了泡沫经济时代，现在可以说是在减速吧。但我总觉得自己的体内还残留有经济高速成长期以及20世纪80年代的风气。当然，同样的事物在外部世界也存在，每次感受到时，我就会觉得果然无法立刻就停下来啊。

时间是无法倒流的，它总是比想象中流逝得更快。人类也身处其中，因此任何事情只要不结束就无法把握整体。我活到现在，可以说自己并不知道此刻到底在发生什么。明明不知道，或者应该说，正因为不知道，所以比起当下才净是考虑未来。然而，面对未来，比起充满希望，更多是对衰老和死亡怀抱茫然与不安。人类这种生物真是麻烦。

冲绳的老年人特别棒。只要听他们的音乐就能明白，年纪越大越帅气。如果是民谣歌手，应该会想快点拥有那种声音。但是，东京的主流观点则认为越年轻越好，很多人都无法顺利地变老。

最近，我总是听到完全相反的评价：“是不是胖了”“是不是瘦了”。如果要迎合每个人的想法，我的生存方式就会动摇。无论如何，将对自己的评价交给他人就会令人无法冷静。最近，我试着让自己觉得眼下的体形就很好。同样，“你一直这么年轻啊”这种褒奖的话也不能照单全收。下雨天并不一定不好，就像那句机械性的“不合时宜的降雨”，只不过是模式化的惯用说法而已。每越过一次“里程碑”，我都想按自己的想法变老。虽然我明白，这对现代人来说并不容易。

所谓治疗

孙子有特应性皮炎，认识的人里也有过敏非常严重的，这让我想要了解免疫。于是，我读了在书店碰巧看到的免疫学家安保彻的书。这本书以理论的方式说明了之前我只能用感性体验的事，非常有意思。

安保氏在扎实研究白细胞结构及其运作的过程中，弄清了人体免疫系统的机制。虽然在生物的免疫系统中，白细胞发挥着巨大的作用，但白细胞中有两类还发挥着其他作用，它们就是粒细胞和淋巴细胞。简单来说，管理两种细胞在血液中所占比例的是自主神经，其中粒细胞与交感神经联动，淋巴细胞则与副交感神经联动。如大家所知，感到兴奋或者承受压力时，交感神经就会紧张，放松时，副交感神经则会占据优势。如果压力积聚，却反过来过着松弛的生活，那么自主神经就会混乱，粒细胞与淋巴细胞的平衡就会崩溃，继而引发疾病或者身体异常。

这其中的关系不论怎么读都有无法理解的部分，但至少以前患病时，我切身体会到身体的状况与精神密切相关。心理疾病会表现为呕吐、倦怠等生理症状。想着让心情好起来，身体就会出现状况。想着要让身体振作起来，精神就会出问题。我领悟了这两者的关联，想要将它们彻底分开是不可能的。

另一方面，如果用了消炎或止痛药，好不容易开启的治愈进程就会中断。而且，现代医学中使用的药品基本上都药效太强，有各种各样的副作用。这本书的作者认为，不使用药品才是通向治愈的捷径，但现代日本已经过于依赖药物。我想这样的观点很难被接受吧。

我之前没有依赖药物就治好了自己的惊恐症。我一直困扰于过度呼吸的发作，有一次症状太过严重被送进了医院。但当时惊恐症这种东西还鲜为人知，就在放任不管的过程中，它自然平息了。最后医生只给我开了镇静剂。

虽说如此，但不安并没有消除。因为不知道什么时候还会发作，直到天亮我都无法睡着，给日常生活造成了很多不便。就在这段时间，电视上偶然播放了一部 B

级灾难片[1]。片子讲的是好几个人被关在电梯里的故事。其中一个人突然开始出现过度呼吸的症状，很痛苦。这时，主人公递给他一个袋子说“把自己吐出来的空气吸进去”。正在经受痛苦的那个人把嘴对着袋子，呼吸着自己吐出来的空气，抑制了过度呼吸。看到这一幕，我茅塞顿开。

从那以后，直到治愈我都随身带着纸袋。由于碰上交通堵塞的时候尤其容易发作，我的车上都会常备袋子。周围人看到我一边开车一边用嘴对着纸袋的样子，可能会觉得我在吸致幻剂——虽然我不是那类人。总之，我靠着这个方法和惊恐症绝缘了。那种“原来这么简单的方法就能平息过度呼吸发作”的安心感也帮了忙。所以我不是被医生，而是被B级灾难片给救了。

最近，人们安心地使用着那些标榜没有副作用和依赖性的安眠药，但我总觉得很危险。既然是药，有作用就会有副作用。停药的时候会有反效果，而且还要考虑到会不会让人变成耐药体质。要说不会让有毒物质在体内积聚、对健康有益的东西，恐怕只有食物。

---

1 日语将“灾难片”（disaster film）翻译为“パニック映画”，“パニック”即为“惊恐”，与“惊恐症”使用的是同一个词。故而在此有中文中感受不到的特殊关联。

大概五年前，我见到了被称为阿伊努最后一位萨满的老者青木爱子。她已经癌症晚期，因为用药物维持生命太过痛苦而搬出了医院。明明是初次见面，她却说“你来了我就要死了”。还突然坐到我旁边问道：“你是我儿子吧？”又说：“刚好我不舒服，帮我揉揉吧。”不知为何，我开始给作为治疗师的爱子奶奶揉肩。但她特别开心，还说：“你能给人治病吧。”

那时，我确实有点信了。如果爱子奶奶真的能康复，应该可以教给我很多东西。但是很可惜，几个月后她就过世了。所以，直到现在我也什么都没学到。不过，我渐渐明白了一件事。那就是人类的身体拥有比自己想象中更强的自愈能力。不论病痛还是死亡都处于生命活动之中，处于大自然的掌控之中。或许未来，我们会承认，顺其自然也是一种医术。

人与人之间

父亲的忌日，我一个人开着车去了墓地。忌日正是秋分那天，往年我都为了避开扫墓的人潮错开日子去，今年是第一次在忌日当天前往。经由湘南前往墓地所在的镰仓途中，在沿海公路遇到了严重的堵车。我想抄一条以前知道的小道，结果彻底失败。平时极为通畅的小道没有避让距离，结果陷入了很糟糕的状况。终于在某处坡道，车子完全无法挪动了。

我想下坡，但紧贴在前面的保姆车无法跟对面的车辆错开而进退两难。在我之后，车辆排起了长队。当然，对面方向的车也一路排到了坡下。所谓“进退维谷”就是这么回事吧。反正无计可施，我就把车略靠左停下等着。然后，前方传来了大声的嚷嚷。不知怎么的，似乎排在对面方向最前列的车在朝着我前面的车发火，一边骂着“混蛋”一边用气势压倒对方。前面的车一点点后退，咒骂的声音也越来越近。但是，我后面已经排起车队，让这一侧的车全体后退是不可能的。

就在这种绝望的状况中，前面的保姆车挤到了我的右边，退得更后了。而正在咒骂的人也离我更近了。还是一样喊着“蠢货、混蛋”，催促着面前的车。我在毫无办法的情况下，看着保姆车从旁边挤过去了。这次，火力冲着我来了，对方摆出一副要蹭过来的架势，激烈地喊着“你怎么不退啊，混蛋！”，是个年轻男人。

这时，我一言不发冷静地想：“骂人也没用吧。也不能解决这种极端情况吧。”这样一来，我倒听见骂人的一方小声说了一句“真不爽啊”。恐怕冷静的我对他来说反倒起了镜子的作用，照出了周围一片安静，只有他一个人怒骂着虚张声势的样子。而坐在他旁边的女孩子始终是一副厌烦至极的表情。

遭遇这样的场面总会让我思考，如果日本是个枪械合法的社会会怎么样。那个怒吼着的男人恐怕会被大家轰成马蜂窝吧。当时在场的人，谁都会被他的暴虐激怒吧。

看了电影《科伦拜校园事件》（*Bowling for Columbine*）就能明白，美国枪械合法化的历史很长。诉诸暴力的都是心怀恐惧的人，美国人之所以要持有枪支是因为胆怯和恐惧。自从他们登陆新英格兰，就因为忌惮各方敌人，选择拿起枪保卫自己的安全。

在美国历史上，美国人曾经承认了自己的软弱并以枪武装自己，由此开拓了美国的版图。确实，因为枪支导致的犯罪和死亡很多，但若以历史为前提来讨论，甚至可以说，美国人是从枪械中锤炼出来的。但是，没有这种历史的当今日本如果突然让枪支合法化，恐怕每天都会陷入西部片的枪战世界吧。在堵车的路上，因为持续咒骂对面的司机，逼迫对方回退而被枪杀——这种事情就算日常发生也不足为奇。我深切地认为，这里不是枪械合法的社会真是太好了。

如果有两个人，就是一对一。这种关系还不能被称为“社会”。我觉得，三人相聚才诞生了社会。男女分手之所以要在咖啡店，也是因为“社会”的存在能让对方保持冷静。这么一想，社会是非常理性的，用解剖学者养老孟司氏的话说，就是犹如大脑般的存在。尤其是在以现代都市为中心的社会，大脑创造的部分尤其庞大。这个社会一旦陷入混乱，人的头脑当然也会混乱。

过去身处自然之中的人类，或许不会进入只有人与人相处的模式。因为人与人之间，有树木，有空气，有各种气味，有各种各样的事物。而生活在城市中，人和人之间就只有高楼、店铺、商品——也就是人类制造出的东西。我认为，现代社会中人与人的关系之所以变得紧张，原因就在于此。所以，我常常想象自己与他人之间还存在着自然。毕竟，城市只不过是人脑创造出的东西而已。用同一颗大脑去感受空气、想象气味不是更好吗？

流行音乐中的“传统”意味着什么

小时候听的流行音乐采取作词、作曲、演唱完全分工的制作方法。为了让听众愉悦而填词、写曲、演唱，从某种意义上来说是纯粹的娱乐。但与此同时，创作者也有别的趣味，比如正创造着什么的冲动、在自我内部搜寻灵感的喜悦、让某位歌手唱出某句词应该会很有意思的想法。没有这些就写不出好东西，无法在歌曲中注入情绪。

看一下当时流行音乐的歌词，会发现有很多都非常单纯。比如“The Loco-Motion”[1]，仅仅因为这个词的发音有趣，歌曲就能成立。比起意义，词语本身的发音、节奏，歌词与旋律合为一体时带来的冲击感更受重视。

---

1 The Loco-Motion：一首带有复古趣味的电子舞曲，发行于1987年，由澳大利亚歌手凯莉·米洛（Kylie Minogue）演唱。“The Loco-Motion”可以被意译成“疯狂舞动”或“尽情舞动”，但这样就丢失了原词中“loco”和“motion”发音结合的趣味。

声音和词语融合在一起让摇滚舞曲成形了。

听新奥尔良音乐的时候，会经常遇到“Hey Pocky A-Way”[1]、“Jock-A-Mo”[2]这种搞不懂意思的词。追根溯源，好像是法语或者美洲原住民语言。我最喜欢的原住民唱圣歌时的歌词“hey nei hey”[3]，也是个搞不懂意思的句子。当我询问亚利桑那的美洲原住民之后，对方也只是简单地回答“没有特别的意思”，还说“怎么样理解都行”。这个恐怕不是“言灵”而是“音灵”了。就是这样的词，让音乐变得有趣吧。

我也会在自己的音乐中放入外语歌词，但是我有自己会遵守的规则，那就是不要因为日本人听不懂就加入莫名其妙的内容。做“SKETCH SHOW”时因为英文

---

1 Hey Pocky A-Way：新奥尔良放克乐队“仪表”（The Meters）的单曲。乐队成立于1965年，1977年解散，1989年复出。他们并没有取得巨大的商业成功，但对后来的音乐人影响深远，甚至被视为放克乐的创始乐队之一。2018年，他们获得了格莱美终身成就奖。

2 Jock-A-Mo：新奥尔良音乐人詹姆斯·“糖果男孩”·克劳福德（James “Sugar Boy” Crawford）的单曲，也是他最有名的作品，甚至成为新奥尔良狂欢派对的标配。

3 原文为“ヘイネイヘイ”。这句歌词也出现在细野晴臣为自己也参演的NHK电视纪录片《静静坐着聆听——美洲原住民的音乐之旅》（黙って座ってじっと聴け——ネイティブアメリカン音の旅）所作的原声音乐《静静聆听》（黙って聴け）中。这首歌还收录进由著名日本音乐人小山田圭吾选曲的、纪念细野晴臣音乐事业五十周年的精选集中，是一首重要的小众作品。

听来不是最合适的，日语又会让听众太过在意歌词的内容，所以就试着用了瑞典语。让人把日语写成的内容翻译成瑞典语加入其中。

这样做并非觉得听的人不懂什么意思也没关系，我只是想在此处藏下某种意义。听的过程中，人们会突然迎来谜底揭晓的那天。那一刻会带来什么感动吗？会改变他之后的聆听方式吗？我不知道……但我总是怀着要把这种力量埋藏其中的心情，制作着加入了外语的歌。

亚利桑那的美洲原住民虽然说"（圣歌）怎么唱都行"，但我知道并不是怎么样都行。他想说的或许是，在漫长的历史中被打磨了的语言，就算表面没有意思，其深层也拥有丰富的意义。

用他们使用的"没有意义的语言"唱歌，心情会变好。并非任何语言都有这样的效用。他们歌唱从有限的语言中提炼出的东西。虽然那不过是"声音"，却是被众人使用、锤炼、精选的语言。那不是个人的语言，而是被代代传承的语言——这种"传承"正是重点所在。

这在流行音乐的世界同样适用。日本本来就没有这种传统的根基，习惯了以借来的音乐、借来的语言制作流行音乐。与它的传统毫无关系，众人只是制作着"个人特色"的音乐。《你好大叔》（ハイサイおじさん）的流行令我惊异的点就在于，这是传统音乐与摇滚乐的完美融合。在这一点上，它与阿拉伯的 Raï 音乐异曲同工，非常有趣。举个例子，如果沙布·哈立德（Cheb Khaled）这类 Raï 的代表音乐人来到阿拉伯人聚集的餐厅，从小孩到老人都会围上来兴奋地跳舞。能让老人、小孩甚至外国人都感到快乐，这就是流行音乐的精髓。我的心中也涌动着渗透这种传统脉络的音乐。

我也有“个人的”一面。因为我喜欢节奏，会想出各种各样的节奏类型，觉得这就是我个人思考出的东西。但是，知道得越多就越明白，任何一种节奏一定有谁在某处做出来过。同样的节奏存在于巴西、非洲等世界各处。这令我意识到，自己因欣赏而做出的歌曲，在我出生之前就已经存在了。我身处历史中的一个点，我从这一脉络中吸收到的东西只是对祖先的继承，然后再由我传递给下一代。当然，这并不意味着在其中什么都不做了，将自己的风格融入其中再传承下去——这就是流行音乐的精髓。加工传统音乐、实践新的尝试，这就是实验。我的目标不是创造别处不存在的音乐，而是创造虽然存在于某处却与之略有不同的音乐。

不断提问

有时，我会开着车不经意间就来到富士山或箱根。对我来说最重要的心情转换方式就是吸入山间的纯净空气、闻一闻令人舒适的气味，但有很多人讨厌登高。我自己也有台阶恐惧症，走完箱根神社的台阶要花二十分钟左右的时间。某一次的糟糕经历成了我的心理阴影，那以后就有了台阶恐惧症，只要看到向上延伸的台阶，我的心脏就会怦怦直跳。明明怎么样都能爬完，但两脚就是会在还剩一步的地方无法动弹。不过，不可思议的是，登山就完全没事，所以我偶尔会去爬山。

最早爬的是名为“弥山”的山。当时，我也担心如果在途中心跳过速、痛不欲生怎么办，所以手上攥着一颗救心丸出发了——想着一旦有什么症状就立马吞下去。当时打头阵的是一位修行僧，一起登山的则是阿姨团。大家都是老年人，所以走得很悠闲。而且，爬十五分钟左右就立马休息。我感觉阿姨们的节奏跟自己完美契合。

就这样，我们大概走了四五个小时。不仅爬了山，还在岔路爬上爬下，走进了很深的地方。终于要到山顶了，但那是条没有向导就到不了的路。我明明走得很悠闲，结果一不注意已经心跳加快，兴致高昂地跑到了众人前头。一回头，后面一个人都没有。看来我走得太快，结果居然第一个到了山顶。

季节正值初夏，走得汗流浃背是最舒服的事。到了山顶，大家分了西瓜吃。味道和小时候吃的西瓜一样好，令我非常感动、记忆犹新。那天晚上我在山顶看了星星。夜空中的五六颗星星，有着奇怪的运动轨迹。它们以很快的速度，各自向着不同的方向移动。不仅是我，大家都看到了，应该不假。

登上山顶，和神社的人一起祈祷时，经常会碰上这样的现象。不仅是神道，犹太人、美洲原住民都会登山祷告。或许在山顶祈祷，愿望就能实现吧。或许只在平地祈祷是不够的。

发行新曲的时期，作为“SKETCH SHOW”接受采访的机会很多。跟出第一张唱片的时候相比，接受采访也游刃有余了很多。总是被问同样的问题虽令人为难，但是另一方面，我和幸宏都练出来了，能像漫才[1]师一

1　漫才：日本流行的喜剧表演形式，由两人配合讲段子，类似中国的相声。

样配合着回答了。最麻烦的是采访人用只有自己明白的话提问。这种时候我连反问“什么意思”的力气都没有，干脆用玩笑糊弄过去。我接受采访时在想，人只能回答被问到的东西。因为“回答”具有这种性质，所以“提问”很重要。

音乐中凝结了很多无法用语言说明的感觉。如果听众没有接收到这种感觉，这种“无法说明”本身也就失去了意义。那么这种东西有或没有就都无关紧要了。

无法用语言说明的东西也埋藏于自然之中。过去的人类向自然发问，然后引出答案。我感到，自然界仍然存在着等待被提问的东西。但是，如果太久不被提问，它们就会回到自然界的深处，和司空见惯的普通事物混杂在一起。

提问，也是学术的基本方法。可以说，就因为向自然的提问不断积累，科学才会发展至20世纪。但是，21世纪的现在，我们是不是已经忘记了提问的方法呢？在当今世界，很多人都觉得“答案已经够多了”“搜索一下答案就出来了”。在人类的头脑中，应该有很多尚未苏醒的感觉。它们还在等着被唤醒。如果不被唤醒，它们就会被遗忘、消逝。不断提问、引出答案——这件事看起来简单，其实或许意外地很难。

探戈与电子

前段时间，在接受有关 *LOOP HOLE*[1] 的采访时，一位记者说“听了这张专辑想到了探戈”，这让我很惊讶。因为当时我自己一直在听探戈。但也就是第二首歌“WIPER”会让人联想到探戈的氛围而已，我并没有在整张专辑中都加入会令人想到探戈的元素。虽然错过了询问他为什么会这样想的机会，但恐怕是因为喜欢探戈吧。

最近我一直在听探戈。契机是 *LOOP HOLE* 录音期间，深夜结束工作后，我在回家的车上听到的电台节目——NHK 的《Radio 深夜通信》(ラジオ深夜便)。听到它，会让人感到“啊，是深夜了”，从而平静下来。那天晚上，他们放了老探戈。其中一首，直击了我的心

1 *LOOP HOLE*（2003）:“SKETCH SHOW”团体的两人找到创作意义后，以绝佳状态发行的第二张专辑。在“SONAR2003”也演出过。——原注

灵，令人悲切地感到“这就是探戈”。就是在这时，胡里奥·德·卡罗（Julio de Caro）这位演奏者的名字飘入了我的耳朵，那以后我就开始搜集、购买有他演奏的CD。

胡里奥·德·卡罗在20世纪20年代组建了六重奏乐团。活跃在四五十年代的阿根廷探戈黄金时代，被视为“现代探戈鼻祖”之一。我不知道为何他的演奏会那样强烈地击中我。一直以来我都觉得探戈很千篇一律，没有过如此强烈的感动。大概因为，它是被班多钮手风琴（bandoneón）限定了形式的音乐吧。虽然探戈挣扎着想从其中摆脱，但终归无法从固定模式中抽身。但另一方面，草创期的老探戈却拥有形式仍未固定的自由。偶尔有股爵士味道，偶尔富有美国风情，浪漫而舒畅，有些地方还有古巴拉丁的风情，如此哀切，敲击着人心。

那之后，BS（卫星电视）播放了探戈舞的特辑。取景地是探戈的发源地——布宜诺斯艾利斯。看了那个，我觉得探戈舞也很好啊，甚至萌发了想学的冲动，我就这样迷上了探戈。

这让我想起了以前去智利旅行的事。智利和阿根廷很像，有专门的探戈电视节目，播放着老探戈。在圣地亚哥的街上闲逛时，也经常看到探戈酒吧至今挂着过去阿根廷探戈乐队和明星的照片，充满复古的情调。店里，上了年纪的男女安静地跳着探戈，令人心动。

我还想起一件事，是儿时的记忆。最近，如果有人问我“想去国外的哪里”，我常常回答“北欧”。但其实小时候，我很憧憬布宜诺斯艾利斯。因为那里是《三千里寻母记》[1]的舞台。名为马克的少年，踏上了寻找母亲的旅途。还是小孩子的我与追寻母亲的心共情。这个故事的氛围与布宜诺斯艾利斯这个地名的发音重叠在一起，独具魅力。

在探戈舞特辑中，布宜诺斯艾利斯的主干道呈现在眼前，名字叫“七月九日大道”——居然是我的生日。查了以后才知道是阿根廷的独立纪念日，这令我产生了亲近感。此外，“七月”的拼法是“Julio”，也就是“胡里奥”，这又回到了“胡里奥·德·卡罗”，搞得我越来越想去布宜诺斯艾利斯了。

在探戈中处于中心位置的乐器——班多钮手风琴，在19世纪由德国人海因里希·邦德（Heinrich Band）发明。据说它借由航船传入阿根廷，不久后用在了探戈

1 《三千里寻母记》（母をたずねて三千里）：1976年1月至12月在富士电视台播放的日本动画片。共五十二话，改编自世界名著《爱的教育》。

的伴奏之中。第二次世界大战中，生产这一乐器的德国工厂被接管，乐器的生产就中断了。那之后，因为几乎没有新的乐器制造出来，演奏家就不断修理旧乐器重复使用。布宜诺斯艾利斯只有几家修理工厂，大家都去那里反复修理。所谓探戈，明明没有班多钮手风琴就无法成立，而这件乐器却是如此古旧的存在。这样的音乐，想必只此一例。

听探戈以前，电子乐在我心里具有压倒性的重要地位。电子乐也有民族音乐的一面。在制作科技舞曲的过程中，我明白了这种音乐在具备匿名性的同时，也会暴露极端的个人性。听到这种风格的某段旋律时，音乐人的出生背景和自画像就会通过音符表现出来。也就是说，自身的起源会展露无遗。听冰岛的音乐就会想起冰岛，听英国的音乐就会感受到英国的风物。

探戈和电子，二者可以说是完全不同的音乐。但发源自欧洲的电子乐，其根基与用班多钮手风琴演奏的探戈一样，都能让人感受到复古风情。音乐和乐器，以及人们生活背景中的历史——换句话说，是时间，孕育了这些声音。

无需奔跑的生存方式

美洲原住民有一句俗语“right time, right place”（对的时间，对的地点）。所谓“对”，在这里可以理解为“合适”“应该”，相反则是“wrong time, wrong place”（错的时间，错的地点）。处于对的时间、对的地点就是顺应自然，只要身处其中就不会遭遇危险，自身也会感受到充实。憧憬这种境界的我一直很在意这句话，但想在生活中遵循它，并不是那么容易的事。毋宁说，身处错误地点、错误时间的情况更多。

去年年末，我和家人一起去看了在丸之内举行的彩灯祭“东京千禧”[1]。因为是年末，要特意出门去人这么多的地方并不符合我的性格。那个时期，东京不见得就不会发生恐怖袭击。虽然心里觉得这可不就是“错的时

1 东京千禧（東京ミレナリオ）：圣诞节到元旦期间于东京都千代田区丸之内举行的彩灯活动。因为首次举办是1999年，名称取自意大利语千年祭奠“millenario”。

间，错的地点”嘛，但想着远远地看一眼也行，所以还是出了门。一到丸之内，装饰着彩灯的拱廊街入口已经排起了等待入场的长队。看到这一幕我立马就想回家，结果大家却说“来都来了”。这句“来都来了”太危险了，说不定能让人没命。我嘟囔着这些，但已经来不及了。我也排进了队伍里，心想：“啊，人就是这样被裹挟的啊。”

街道中虽然有工作人员喊着“不要停留”，但还是有人停下来拍照。这样一来，附近的人流就会停滞，非常危险。万幸，我们安全地出了街道，但就算发生什么也不足为奇。因为好奇心太强而做出多余的事，踏足错误的地点恐怕是常有的事。这种时候，产生警惕是人的本能。

以前有一阵忙到不可开交甚至让人想惨叫的时候，我在大雪天摔倒，骨折了。事后回想，或许为了重置一切去休息，也需要这场骨折吧。之前一直很喧闹的周围的声音，如潮水一般退去，回归了平静，我那半年都没工作。脚一旦骨折，大家就觉得“确实是不能工作了”而放弃。如果骨折的是手，可能也无法休息半年那么久。如果是别的病，我自己可能也会意志消沉吧，所以幸好是骨折。

如果让谁等待、受人期待，对什么负有义务，想要真正归零就很难。一年之中，压力会在圣诞节到达顶峰。很多人都有体会，圣诞节会集中举办很多活动。而我的情况是一切都会在 25 号结束，从 26 号到年末不会有任何工作。26 号睁开眼的时候，我会切实感觉自己从一直以来的紧张和束缚中解放出来。没有必须要做的事，人们会在这一天把我忘掉。这就是休息的日子。12 月 26 日是身心皆可得到放松的空白之日。这样的日子，一年里多来几天该多好啊。

我很不擅长跑步。这并非出自单纯的讨厌，而是因为会影响心脏。所以我尽量不跑步。但是，以前我曾经为了工作，全力奔跑了五十米。如果是平时，我会觉得做这种事会让我的心脏爆炸，绝对不会做。但当时的工作需要把我跑步的样子拍下来，我无法拒绝。实在没有办法，我只好吃了三颗救心丸再跑。结果跑完五十米立马呼吸困难。这件事虽让我觉得为了工作豁出性命毫无意义，但那之后还是以同样的节奏继续着工作。

后来，再次直面不得不跑步的局面，是在 YMO 的巡演中。那天的行程很紧张，演出结束后要赶去机场，立马坐上前往下一个演出场地的班机。偏偏这种时候还堵车，飞机已经等了我们三个人十五分钟。到了机场，每隔几米站了个员工，冲着我们招手打着信号大喊：“快跑！”这又是不得不跑的状况。就算想着不能跑，也没法走着去。

结果总算跑到了，乘上了飞机。但是，我一蹲进舱内就一步都动不了了。直到飞机起飞我都蹲在那里，从包里拿出救心丸吃下。当时，我痛下决心——再也不让自己陷入这种情况了。过度勉强自己很危险。

后来，我就尽量不接触大型项目了。如果是自己行动，就算赶不上某个时刻出发的、飞往某地的班机，等下一班就行。无需勉强奔跑，走着去就行。后来，我也好几次赶不上新干线，但再也没跑过。

音乐人的自我意识

前段时间，我去看了电影《缱绻星光下》（*Standing in the Shadows of Motown*）的首映。这是一部聚焦于摩城唱片（Motown Label）的幕后音乐人——“放克兄弟”（The Funk Brothers）的人生（虽然这么说，但里面的人大多已经故去）的纪录片。我非常惊异，如此多主流音乐的背后都有他们在支撑，我竟然毫不知情。因为摩城的唱片上没有他们的名字，音乐的浑然天成也难免叫人忽视了演奏者个人。

在这种音乐风靡世界的四十年后，这些人才凭借这部电影获得瞩目，最终拿到格莱美奖。但是，他们也陈述自己长年“被排除在梦想之外”。想必是心有不甘，觉得“那些音乐明明是自己做的”吧。那可是拥有众多热门单曲、招牌歌手的摩城啊。中心越是沐浴在聚光灯之下，幕后的乐手就越会被遮蔽在阴影之中。这也是电影原题 *Standing in the Shadows of Motown* 所表达的意思。

我最喜欢的情节是，放克兄弟中的一位黑人钢琴家——七十岁左右的老者——再次弹起自己作为“奇迹合唱团”（The Miracles）幕后乐手时演奏过的《你真的抓住了我的心》（“You’ve Really Got A Hold On Me”）。他只是用右手“恰、恰、恰、恰、恰、恰”地弹出了纯粹的6/8拍。但是那张脸！嘴唇微张，眼睛瞪圆，那表情仿佛在说：“怎么样，我这手艺！”观看过这种独特的自我展示，就会明白，这区区6/8拍中也蕴藏着灵魂。这就是属于音乐人的欣悦。看到这样的场景，我才意识到自己内心拥有与他一样的东西。

恐怕再也不会有放克兄弟那样的团体了吧。这部电影也只是在重温过去，回顾历史。二十世纪五六十年代的音乐对现在的我来说就像彼岸的音乐。在当时它们是描绘现实的音乐，但如今已经无法制作这样的东西。人和社会都已经改变。

音乐产业也在持续变化，人人挣扎其中。像玛丽亚·凯莉（Mariah Carey）、布兰妮·斯皮尔斯（Britney Spears）即使被产业裹挟，也拒绝被同化为齿轮的一环，为了做出属于自己的东西而战斗。与此相对，以独立状态灵活行动的年轻人，他们的音乐恐怕才是自己的。这种音乐中没有标榜“自我主张”的强硬，而是若无其事地表达了“我就是这样的人”。在他们眼中，做音乐没有定式，也并非不能犯错，所以能够保持一种自然的状态。

我意识到这一点是在猿田彦神社（伊势）秋季“开山祭”上即兴演奏的时候。多数时候，我只是把类似婴儿哗啦棒的东西弄出声响而已。在合适的时机奏响它令人心情舒畅。不存在错误，没必要记住，也无所谓忘记，拿手或蹩脚都没关系。虽然观众很多，但神社境内的舞台较低，气氛也很融洽。中央设置了祭坛，点着火。因为祭坛这一第三者的存在，处于两极的乐手和观众得以融合。看着烟雾，我会忘记观众，在不知不觉间任由音乐如烟草一般燃烧。这样一来，就能放松地享受演奏了。体会过这种感受后，我意识到，这才是音乐本来的存在方式吧。

最近，冰岛电子组合 múm（两男两女的四人乐队）中的两位男成员来我这里玩。我觉得 múm 的优势在于有两位女成员。当我表达了“我喜欢这个部分，这种女性气质改变了当下的音乐”后，两个人也感慨颇深。想必他们也有同感吧。

去年，múm 来日本的时候我去看了演出。很感谢两位女生在安可的时候唱了约翰·卡什（Johnny Cash）

的歌。其中一位女生喜欢乡村音乐，好像受她的影响，其他成员也开始听乡村音乐了。我以为电子乐的世界应该没什么人听乡村音乐，所以很开心。不过回家以后我试着重听约翰·卡什，果然和电子乐没有什么交集，所以还是挺奇怪的。

他们开始做音乐的契机也很奇怪。好像最初是捡到别人丢掉的“双人艾费克斯”（Aphex Twin）的磁带。或许就因为这点，他们对音乐很淡然，毫无上一代那种过于激烈的情绪。不论在日本还是在国外，三十岁以上的人都很熟悉我们这代人，遇到我会紧张地过来说：“你是 YMO 的……”但是二十多岁的人基本没有什么关于 YMO 的记忆，第一次见面也很放松，让我觉得很有趣。只有放松才能保持自我。múm 的两个男生也就二十五岁和二十七岁。当我问他们“知不知道 YMO”时，对方只答了个“知道”。我想，就是这样。如果不这样，就做不出那样的音乐。

为了放松地演奏

放松地演奏，这句话说起来简单，实际上很难。不过，肯·伯恩斯的纪录片《爵士百年》（*Jazz*）呈现了很多爵士音乐人放松演奏的身姿。这组DVD中记录的美国老爵士乐手们都很享受演奏。对音乐人来说，享受是第一要义。我几乎是重新意识到了这件事。二十世纪三四十年代的爵士乐手尤其会享受。我从以前就很憧憬路易斯·阿姆斯特朗（Louis Armstrong）以及摇摆乐时期的爵士乐。但比波普（Bebop）时代结束，进入20世纪50年代，爵士乐就不知为什么变得很艰难。

看了二十世纪三四十年代摇摆爵士（Swing Jazz）的影像，我明白了乐手之间是通过演奏来进行愉快交流的。摇摆乐的节奏本身就很愉快。随着这样的节奏而动已经很享受了，乐手们还在演奏中彼此交换有趣的意见。比如，如果一个乐手弹出了某个段落，合演的乐手会一脸惊讶，随后弹出一段别的段落回应，仿佛在说“这个怎么样”。如果第一位乐手再来一段作为回应，另一位乐手又会露出诧异的表情……为了享受演奏，这种音乐人之间的交流极为重要。

但遗憾的是，现在的大部分音乐人首先考虑的是让观众看到、听到，这让音乐变得无聊了。为了极力避免陷入这种状态，我一直都让大家在舞台上尽量围成接近圆的队形，以便能看到对方的表情来演奏。如果观众也能因音乐人之间的互动觉得愉快就好了。在意识到观众之前，如果不先从自己的愉悦出发，那舞台也不过只是一个痛苦的场所。

想要放松就要保持自己的节奏。差不多三年前，我第一次参加了教授（坂本龙一君）参与组织的“CODE”活动。但演出的时候，我并不知道活动的风格和氛围。活动方让我去会场发出声音就行，我就带了电脑。我想着两个人比一个人演要有趣，就让经纪人吾妻君作为助手一起演出。为了避免紧张，我给了他一把纸扇[1]，告诉他“到了紧要关头，你就拿这个打我”。

---

1 纸扇（ハリ扇）：日本漫才、幽默剧中使用的道具，拍打时会发出巨大的声响，但其实被打的人并不会感觉到痛。

音乐一开始，周围就聚集起了人。如果是平时，我一定会意识到观众而变得紧张，但吾妻君像商量好的那样用扇子打了我，以此为契机，我用烟草表演了“烟艺”，还开玩笑似的做了各种奇奇怪怪的事情。结果，站在前排看演出的一位二十多岁的女生说“好奇怪啊”。听了这话，我特别开心。

演出结束后，我看了会场其他人的演奏，大部分音乐人都做着声音艺术、噪音艺术那种很严肃的演出。那时我才意识到，这个活动本身的定位就很严肃。看来我们做了极为不合时宜的事。但是，不知真相地开了玩笑也很好。如果顺应那种气氛一定会变得无聊吧。大概也不会有女孩子说“好奇怪”吧。有时正因为搞不清状况才能做得有趣。

如果每次都能以这样的状态站上舞台就好了，但其实很难。哪怕说什么随心所欲就好，但如果真的不被任何规则束缚又会变成偷懒。或许在遵守规则的基础上随心所欲才是最佳状态吧。

最近，我常常觉得自己越来越任性。可能谁上了年纪都会这样吧。年轻的时候会奋发努力，但到了勉强不来的年龄就不怎么想努力了。这也是长寿的好处。

印度有一种观念把人生分为“四个周期”[1]，即学习期、家住期、林住期、游行期。青年时期以前都是专心求学的阶段。接下来是进入社会，拥有家庭、供养家人的家住期。林住期则退守至树林居住。最后是游行期，一种为即将到来的死亡游历各处或隐居的晚年生活方式。我差不多要进入林住期了吧。

现代人恐怕欠缺这一决定自己如何度过晚年的林住期。过了七十岁、八十岁也不将自己视为老年人，这样的人正在增加恐怕也是出于这个原因吧。在家住期持续工作的过程中上了年纪，退休以后突然变得无事可做，整个人就恍惚了。或许没有林住期，人就会痴呆。

林住期是从人类世界退后一步，一个人思考、直面自我之“业”（karma）的时期。虽然有人说上了年纪脑细胞就会死亡，神经也会老化坏死，但这并非全部。随着年龄增长，思想也会因为磨炼而越发坚毅清澈，成为结晶。我相信，精神活动在晚年会渐渐旺盛起来。因此，林住期这一阶段难道不是必要的吗？

1　四个周期：原文为“四住期”，此为梵文“āśrama”的日语翻译。是古代和中世纪印度教文本中讨论的生命阶段系统。这个系统把生命分为四个阶段，日语翻译即来源于此。

布莱恩·威尔逊的歌

不久前，坂本（龙一）君发来了邮件。其中写道："我突然想听沙滩男孩，但不知从哪张专辑听起，想听你讲讲。"随后，我在回信中写了如下内容发了出去——布莱恩·威尔逊（Brian Wilson）快要"崩溃"前制作了《宠物之声》（*Pet Sounds*）和《微笑之笑》（*Smiley Smile*）。自那以后，比起专辑，沙滩男孩的东西更应该关注散落四处的名曲。我自己喜欢的专辑是《做好准备》（*Surf's Up*）。另外还有《微笑》（*Smile*）这张梦幻专辑，它以未完成的状态封存着。有关它的想象，是沙滩男孩神话中不可或缺的元素。

与沙滩男孩并无共通点的坂本突然想听他们，这让我觉得不可思议，但我更惊讶于自己也会时不时重听。这次，促使我不知第几次重新开始听他们的契机是前文已经稍有提及的电影《缱绻星光下》。

看过这部电影后，我找到了一个名为"摩城解密"

的网站，进而有了超乎预想的大量发现。最让我震惊的，恐怕要数公开宣称以底特律为据点的摩城唱片从20世纪60年代开始就已经在洛杉矶录音一事。顺便一提，低音提琴手卡罗尔·凯（Carol Kaye）是当时支撑着摩城音乐的乐手之一，也是参与制作了沙滩男孩的专辑《宠物之声》的洛杉矶临时乐师[1]。根据网站“摩城解密”的创建者鹤岗雄二与卡罗尔·凯的邮件往来，摩城唱片孕育的大量名曲都在洛杉矶录音一事渐渐浮出水面。

与电影、网站的邂逅促使我听起了摩城唱片的音乐。听着听着，我又开始听回了沙滩男孩。不知何时，我早已将摩城抛诸脑后，等回过神来，已经深陷布莱恩·威尔逊的世界。

初中时，我听得最多的就是沙滩男孩。在那个《美国冲浪》大热的时代，我非常崇拜布莱恩·威尔逊。他写的歌都很好，我觉得他确实有才华。但在那之后，披头士风靡全球，而且人气更甚。紧接着，迷幻文化[2]大

1 临时乐师：英文为“studio musicians”或“session musician”，指在音乐人录音时提供演奏的职业乐手，但并不属于音乐人或乐队的日常编制。

2 迷幻文化：20世纪50年代以后流行于西方世界的一种文化风潮，与致幻剂、软性毒品的流行相关联。

行其道，沙滩男孩的诸位成员也无一例外沉迷其中。专辑销量低迷，又被遮蔽在披头士成功的阴影之下，他们的音乐也开始浮现伤感。从某个时期开始，就逐渐听不到与他们有关的消息了，甚至搞不清楚乐队到底还有没有在活动。

那一时期，我会通过收音机听美军广播 FEN（极东广播，现 AFN），正好听到了布莱恩的留言。他口齿不清地号召士兵们："大家要远离毒品啊，不然会搞得像我一样。"听了这话，我突然觉得布莱恩·威尔逊很可怕。

沙滩男孩的专辑我全有。但自从布莱恩患上精神疾病，我总是带着距离感去听。前几年，听说他出了自传却没有买来读，也是因为想到他的病就提不起劲。最后终于买来读完也是出版后很久的事了。

本来沙滩男孩就是以威尔逊兄弟为中心结成的团体。现如今，布莱恩的兄弟们都去了另一个世界。或许正是出于这一原因吧，不论我在多么开心的时候听他们，最后都会变得伤感。即便如此，我最近还是经常听沙滩男孩，想必是因为自身内部有什么能与这种伤感产生共鸣吧。

20 世纪 90 年代布莱恩·威尔逊"复出"后的现场

专辑中，他的歌听起来很痛苦。但是，我还是假托工作，去布莱恩位于芝加哥的住所做了采访。这次会面促使我认定，布莱恩·威尔逊这位音乐人是美国流行音乐界独一无二的真诚存在。

细细想来，我几乎完全不听最近流行的“冲浪音乐”。如果当时沙滩男孩能够继续维持自己的成功，他们的音乐应该会更具有服务精神，流行性和娱乐元素也会更强吧。但在《做好准备》时期，我几乎找不到这样的元素。相反，其中存在的是布莱恩那无法卖座、不被世人理解的绝望。当时，他的音乐甚至有种病态的纯粹。我想，能从他的内部把这部分扯拽而出的正是绝望。他的心原封不动地被谱成了歌，触碰这样的作品会有些恐怖。但它与当下的我拥有某种共通的东西。或许这就是为什么我直到现在依然在听沙滩男孩。

所谓灵性生活

前几天，我在一个对谈活动中第一次见到了北山耕平先生。北山先生作为美洲原住民相关书籍的译者为人所知。其中，他翻译的《滚雷》我几乎是一边划线一边熟读。因此虽然是初次见面，但我自然地表达了“承蒙关照”的感谢之情，然后才开始对谈。

北山先生的话中，隐藏着对当下日本的悲观态度。同为蒙古人种（mongoloid），明明有很多相似之处，但越是了解美洲原住民就越为其中的差异而愕然。据说美洲原住民说过：“虽然日本人是我们的兄弟，但是那种连自己的母亲都要标出世界第一高价进行贩卖的兄弟。”在他们的价值观中，凡事都要标价是件奇怪的事吧。如果给所有东西都标上价，就会失去蕴藏其中的灵性。听到这句话，我深切感受到日本人至今为止排除、丢弃、失去的东西该多么重要啊。所以，北山先生只能得出日本这样下去就会毁灭的悲观结论。

面对这样的现状，会想尽量让事态朝好的方向发展。但时间已经不多，对此深有感触的北山先生向外部传递出“已经没有时间”的讯息。可是，日本并不存在能敲响警钟的“长老”。“就算自己一个人号召也无补于事”，他的发言无疑透露了这种无奈。这番话令我很有共鸣。一直以来我都依托音乐的情绪，今后恐怕有必要用语言来表达。但我同样会这样想：只要有一个人发声，微弱的影响就能像连锁效应一样蔓延下去。就像蝴蝶效应：蝴蝶挥动翅膀产生的微风最终可能引发台风。这与谁都不发声、不行动产生的结果或许会有很大不同。

如今的时代很容易陷入“就算交谈也无法互相理解”的绝望。就连我也似乎要对这种绝望认输了。即便如此，尚有美洲原住民以及北山先生在怀抱着绝望书写，或是像这样参与对谈。我相信，这样的行动一定能对世界产生某种影响。

活动现场，我也提出了“我们究竟应该如何生活”的问题。北山先生回答：“需要独处的时间。”拥有独处的时间整理身边的东西，这种原住民巫医（medicine man）的生活同样很吸引我。但是，反思一番会发现自己是无法整理的人，过着割舍不了物品、整理不了周围的邋遢的生活。没办法，说完“我的房间很杂乱”，我忍不住笑了，紧张也得以化解。不论是来到会场的人，还是我，恐怕都多多少少拥有与北山先生相同的绝望，对现实的沉重感到紧张。

“这么说来……”北山先生想起他拜访过自己最喜欢的巫医滚雷的房间。他的房间似乎也很杂乱。而且他还喜欢吃垃圾食品。所谓灵性生活，比起表现出的外在样子，或许更关乎每天二十四小时在想什么。

首先，明白自己欠缺什么很重要。喉咙干燥就想喝水——这种感觉如果麻痹了就会很危险。不限于此，五官的迟钝都会使我感到恐惧。所以我总会想着触摸什么，想通过感官与事物产生连接。

我一直觉得一定存在能保持自我的场所。在那里，五感都能保持舒畅——比如风吹过的时候伸出的裸足，足底会觉得舒服。能对这样的事物保持喜悦之情对我来说就是快乐。我一直在等待这样的时刻。这不是寻找就能得到的，而是被赐予的，所以只能等待。在这个世界，越是追寻越是远离的事物有很多。这种难以把握的事物，或许不在自己的外部，而在自己的内部吧。

大自然的力量

纪伊山地和熊野古道等通往灵场的参拜道被认定为世界遗产了。作为纪念，会在9月举行一场活动，我被委托担任活动策划。所以最近，我去了熊野考察。虽然不是第一次去，但还是被熊野川的雄壮叩击了心弦。清澈的水流在狭窄的山间，始终保持同样的宽度流淌着。有句话说“国破山河在”，熊野川的体量之大，让我觉得就算日本毁灭了，它也会一直存在吧。活动的场地被安排在名为“大斋原”的地方，那里也是熊野本宫大社的旧址，如今是一片空地，用来祭奠古老的神明。它位于河流的沙洲之上，居于两侧水流之间，氛围极好。

同一区域里还有位于那智胜浦町的那智瀑布，我去过好几次。虽然我也见过不少瀑布，但那是一道性感的瀑布。或许这是奇怪的联想吧，但每次看到那智瀑布，我都会想起女子的大腿。从远处眺望那智瀑布和参拜的人群会觉得神圣。恐怕他们参拜时也在无意识中感受到了性感吧。这就是人类的本来姿态。瀑布因为其独特的景色加持，又是富含负离子的地方，来的人产生“这里是圣域”的情绪也很自然。参拜瀑布可以归为山岳信仰，其基础是泛灵论。这种信仰本来就从五感生发而来。

曾有外国人问我：“你既然是日本人，应该是佛教徒吧？”以前面对这样的提问，我都会暧昧地回答：“嗯。”确实，佛教作为一种文化存在于日本人心中。讨厌佛像或释迦像的人应该很少吧。我也不例外。但是，从某一时期开始，我觉得自己内心认同的变成了泛灵论。虽然它和宗教并不相同，但这样想比认同自己是佛教徒更能让我接受。最近，如果被问到是不是佛教徒，我觉得回答“泛灵信徒”最为贴切。

从山岳和瀑布中感觉到的东西，从山羊和牛等动物那里也能感觉到。它们到底看着什么呢？我被那些视线深深吸引。如果山有眼睛，应该也是那样的眼睛吧。可以说那就是自然代言者的眼睛。人类，也有过拥有那双眼睛的时代吧……

如果去了不丹，会发现仍有人拥有那样的眼睛。包括我在内的日本人则已经从自然移开了视线。大概是因为人已经与自然分离了。即使刚出生的时候我们和动物很接近，但严格来说还是被排除在自然的循环规则之外。

所以，如果人类不自发地为了接近自然而努力，就无法被纳入自然之中。消除如今依然在持续的战争、宗教纷争，或许就能到达那样的地方，但如今说这些都还太早。

日本列岛基本都是山脉。但在这样的国家，依然上演着很多荒唐事件。这就是现状。不论在何等宜人的环境中出生、成长，人如果不去发现自然、学习自然，就无法得到解放。自从“日本列岛改造论”[1]被提出以来，日本经过了破坏自然并将其变为都市的傲慢时代，直到自身受到损伤才停止。

这次我去的新宫市周边交通就很糟糕，生活看起来很不方便。正因如此，未被使用、保持原状的自然才多。生活在这片土地上的人们在泡沫时代或许怀抱着复杂的心情，但如今好像已经改变了想法。

比如被认定为世界遗产的是纪伊山地、参拜道等山川和自然古道，而非遗迹、城址、建筑等人工造物。参道虽是人工产物，但实际走一走就能明白完全没有人工

---

1 日本列岛改造论：1972 年 6 月 11 日由日本通商产业大臣田中角荣提出的纲领。之后，由通商产业事务次官小长启一等代笔撰写成书（但“序文”与“结语”由田中角荣亲笔撰写）。纲领主旨为将日本列岛用高速交通网络（高速公路、新干线）串连起来，以促进日本各地方的工业化，并解决城乡发展不均、人口过密等公共问题。

的痕迹。这次遇到的当地工作人员也都因熊野的自然能被认定为世界遗产而骄傲。我与他们共情，所以很开心能参加这次的活动。因为没有被迫协助名为“街区复兴”的“开发”项目，所以开心得很坦然。

这次作为会场的大斋原上原本矗立着熊野本宫，但在 1889 年被泥石流冲毁了。残留的神殿被运到了现在本宫所在的山上。如今认为这场泥石流是采伐山林的后果。大斋原就是真正意义上的圣地吧。这样的场所本来就不应该建造任何东西，不是吗？所以，在我看来，大自然只是将它扫清了而已。

人的轻与重

不可能只有我这么倒霉吧。我被偷了。参加完“SONAR”从巴塞罗那返回途中，在巴黎稍作休息时被偷了护照。

那天我很疲惫。旅途中的疲惫会招致厄运。在巴黎的咖啡馆休息时，我被前来旅游的日本人求要签名，所以需要纸笔。在那里把放在护照夹里的纸笔取出来以后，就稀里糊涂把护照夹插进裤子后袋，忘了个精光。然后，应该是在挤上傍晚拥挤的地铁想返回酒店时，护照被人从后面口袋抽走了。来巴黎的日本人经常被偷，地铁中也会有日语提醒我们注意拿好自己的随身物品。但是我的行为几乎等于在说“来，偷吧”，把护照拱手送出。我为自己的粗心大意感到吃惊。

为了提交失窃函，我去了圣日耳曼代普雷的警察局，结果遇到一片惨状。因为前一天晚上举行了夏至庆典，那里拘留着喝醉酒闹事的人。块头很大、看起来不是很聪明的警官头子接待了我。一边处理我的事，一边对着警察局里面乱闹的人怒吼。负责文件的部下则呆呆地张着嘴，是个什么都不懂的新人。一个时不时对着里屋怒吼的肌肉男,加上一个什么都无法独自搞定的笨蛋新人。简直像喜剧电影里的搭档，但一点都不有趣。他们总算在三十分钟内帮我录好了口供，这算是不幸中的万幸。

下一道关卡是去领事馆重新办理护照。听说这要花上三天到一周的时间。我原本预定在第二天回国，现在要坐定好的航班回去是不可能了，我差不多已经放弃。但就在这个当口，强大的贵人出现了。住在巴黎的朋友的夫人（日本人）从准备申请补发护照的照片到安排出行的出租车等等，各个步骤全部帮我疏通好了。结果我到达领事馆后三十分钟就拿到了新的护照。就这样，我安然无恙地按原定计划回了国。如果没有她，我恐怕会自暴自弃，一个人在巴黎逗留好一阵子。

我从这件事里得到的教训是，不要做多余的事。特意前往自己不必去的地方并不明智。本来我就没那么喜欢旅行。毋宁说待在自己的房间要好太多。有了这样的经历，我就更加不想出门了。上了年纪以后，减少了像年轻时代一样的四处出行，而对于自己是否来错了地方变得更加敏感。随着年龄增长变得腿懒，或许也是在保护自己的身体吧。

岸信介这位过去的政治家很长寿。在他看来，长寿的秘诀是抛却人情。作为政治家讲出这样的话很有趣。一旦决定不做多余的事，就会被当成顽固、很难相处的糟糕家伙吧。不论别人怎么邀请，就算说“会很开心的，来吧”，自己都不去。但是，顽固不也挺好的嘛。我倒希望像落语[1]中出场的小巷隐居者一样顽固呢。

年轻的时候，我也会为了引人注目而周旋、逞强。上了年纪以后，却开始讨厌被他人期待了。太麻烦了，我希望不要有人对我抱有期待。对我来说，最好的评价就是“那个人就是那样，随他去吧”。这样就能自己决定自己的角色，周围的人也都习惯了，就不会被说三道四。小巷隐居者也是这种类型。他站在公平的立场上，从外部观看着附近的骚动。正如“隐居”的字面意思所示，不承担任何责任，只是如旁观者一般地存在着。如果不这样，就扮演不了小巷隐居者。正因如此，才被共同体需要。

小巷隐居者这种远离工作的人拥有某种“轻盈”。

---

1 落语：日本大众曲艺之一，是日本独特的说话艺术，语言滑稽。类似中国的单口相声。

相反,属于某一职业从事某一工作的人会让人感觉到“沉重”。这可以看作“重要”,但也携带着某种“重力”。因为重力的惯性,沉重之人拥有拖拽轻盈之人的力量,但轻盈之人却无法拖拽沉重之人。最近,我有好几次被沉重之人拖拽的感觉——我属于轻盈的一方吗?

虽然我总想着要变轻盈、变轻盈,但周围沉重的人可不少。比如,喜欢听我音乐的人里,有很多都会对我抱有某种沉重的感情。尤其是男性。他们会来拜访我。打开门看到他们的那个当下,我一瞬间就能感觉到对方对我抱有某种期望。然后,我就会将自己变成对方期望的样子。这是不用过多思考的条件反射。这或许就是我被叫作“小狸”的原因吧。对方只能看到自己想看到的部分,就算我展示了不同的东西也不会被看到,这才是我的不满之处。这就像在路上跟擦肩而过的人打招呼一样。

在中国或日本的武术中,终极境界就是渐渐放下武器。比如善用弓箭的名人为了拜师去寻访深山中的仙人,结果仙人手里并没有弓箭。就算没有弓箭,也能将鸟射落。最后,到达不必将鸟射落的境界,才能成为“高人”。这难道不是很深刻的道理吗?我憧憬着这种“高人”的轻盈。

今后的自己需要的东西

长期以来，我都过着和消暑假期、盂兰盆假期无缘的生活。倒不是说不休息，而是不必配合社会节奏和大家一起休假、假期结束后再一起回公司。仔细想想，在公司上班不就是上学的延续吗？——休假结束后开始新学期这种有张有弛的模式。一直做着自由职业的我没有这种张弛节奏。不过，我认为自己也有一些时间节点，实际上目前为止确实是有的。现在我觉得人生又迎来了另一次转变期。

幼儿园、小学、大学，直到毕业，这一阶段的时长基本是固定的。如果进了公司，未来就是到了年龄退休，之后靠养老金生活。人的年龄大体是固定的，所以在限定的时间段内可以参与各种活动，以及计划到了晚年过怎样的生活。即便是从事自由职业的我也可以参考社会既有的制度。

我呢，不论做什么样的内容，恐怕会一直做音乐做到死的那天。但是，就对外部分而言，我开始考虑类似退休的计划，并慢慢做起了准备。从以前开始，我就有强烈的想法，过了六十岁就回归个人生活。不会放弃音乐，但会辞去工作……我一直如此梦想着。

这种想法的萌芽可以追溯到二十多年前。当时，我结束了 YMO 的重组而深陷疲惫，世人则忙碌地奔向泡沫时代。自然农学家福冈正信先生从那时就看穿了驱使着世人的强迫性观念，即“也许明天就吃不上饭了”。福冈先生认为必须改变这种想法。所以他主张回到单纯的观念，即“谁都能生产食物，种就行了”。因为自然拥有养育人类的力量。

确实，当时的我抱有一天吃一顿饭就行了的想法，所以看到他的话醍醐灌顶。虽然当时我想做自己的公司，但并不想承担风险将生意搞大。不想赚大钱，也不想有大损失。有一种小打小闹的感觉。毋宁说，这种损益相当的生意才是生意，对自己来说很健康。想着这种公司不可能做不成，就制定了尽量不花钱的自由模式。然后，我就渐渐从大型策划以及博眼球的项目中退出了。那之后心态就越来越淡然，一直维持到现在。

变得淡然，一切就都顺利了。音乐产业是个严酷的世界。艺术家必然有极限，“艺术能量”也会有高低起伏。

这虽然不是体育，一切却也以胜败评判。自从以淡然的状态立志开展损益相当的生意，我得以客观看待音乐产业的拉锯战。最有益的一点就是压力减少了。

小时候，我曾觉得很自由。体力没有用尽的时候，可以随心所欲地跑来跑去。在野地奔跑的时候，简直像生出了翅膀飞翔。对小孩子来说，身体就是这样的吧。当然，也会摔倒、会遇到危险，并不全是好事。但如今回想起来，因为眼睛离地面近，所以并不害怕摔倒。

随着年岁增长，我近乎厌恶地明白了体力的极限。身体紧紧地被束缚在世界之中，无法超越时间和空间。稍微一动就要花费时间，移动就要消耗能量。人生也一样。但是，心却可以随时飞往任何地方。这让我为身与心的割裂而烦恼，也会把身体当作麻烦。但后来渐渐和身体熟悉了，心也终于可以安睡在身体之中。或许也可以说是放弃了吧，这种熟悉我现在觉得刚好。

另一方面，最近我开始重新思考的问题是“不要留下自己的痕迹”这条唐望的训诫。本来我就对自己制作的音乐是否能流传下去毫无兴趣。首先，这与我并不相干；其次，这也不是我创作的目的。

永井荷风晚年过着在浅草和舞女游玩、吃西餐、去荞麦面店的生活，最后住的和式房间的书架上只有五六本书。幸田露伴的家被烧了个精光，积累的文献和资料全部被焚毁了。我也知道有人放火烧过自己家的仓库。听了这些故事，我也开始思考怎么让自己的痕迹消失。逍遥自在地度过老年，继续享受做音乐，对这样的生活来说，什么是必要的，什么又是不必要的呢?

在熊野发现的漫游之本

9月19日，熊野的活动总算顺利结束了，我松了一口气。在连载中我已经提过好多次，这是纪念纪伊山地的灵场和参拜道入选世界遗产名录的庆祝活动之一。会场位于熊野本宫所在地大斋原，是河流中的一片沙洲。因此，我策划的纪念舞台，如果下雨就要取消（只有纪念仪式会在雨天被移入室内举行）。这导致我压力倍增，仿佛下雨了就是我的责任一样，无论如何我都不希望取消。

活动前一天天气很好，让人觉得“这如果是明天该多好”。那是个让人无法掉以轻心的晴天。果不其然，第二天早上起来，下雨了。我住的酒店前有一条干净的溪流，如果挖开河滩就会有温泉涌出。溪边放着铲开砂石的小方铲，游客们都各自铲开河滩浸入温泉。我原本想前一天晚上去泡，结果拖到了第二天早上。

我觉得，如果想让熊野演出的那天不下雨，必须进行斋戒、沐浴。如果时间充裕，我原本准备去某处的瀑布，可是这次实现不了了。转念一想，既然留宿地前就有河流，在那里沐浴不就行了吗？当天，等我早上 10 点左右到达河滩，河流已经变成家庭欢聚的泳池。爸爸泡在温泉里，孩子们在冰凉的河水里游泳。就在这片热闹之中，我以沐浴的心情走进了河水之中。虽然河水冰凉，但因为旁边立刻就有温泉涌出，所以即便是沐浴斋戒，也非常享受。

这一天到来前发生了很多很多事。纪伊半岛遭遇了地震和台风。大峰奥驱道沿路的树木面临枯死的危险，情况严重。不仅纪伊,严岛神社等地也遭遇了台风的侵害。无论哪里都在驱赶人类，仿佛要将被人类染指的一切恢复原貌。万幸，第二天早上的雨到了下午就停了，19 号是平静的一天。但回想之前的所有事，我的心情复杂。

每年我都会在伊势的猿田彦神社做供奉演出。在那里可以轻松享受那种与神演奏神乐的感觉，在熊野却无法用同样的心情演奏。在熊野有一种“您好，初次见面”的紧张感。土地的能量也完全不同。如果说伊势是人类的城市，那么与之相对，熊野是自然的世界，叫人难以应对。

大斋原平时非常安静，像这次的活动一样聚集了千人以上还是第一次。猿、狸、鸭、鸟等动物的气息在这里也很浓重。它们忽隐忽现，好像在探查“这里到底要做什么”。我再三强调，哪怕日本灭亡了，熊野都会留存，因为自然的力量远比人类的力量强大。当然，这样的地方也有人类，面对他们演奏也是重要的工作，但真正的目的是让我们感受到与熊野自然的共鸣。我不知道自己是否做到了，但一起演奏的同伴已经倾尽所能。

虽然这么说，但野外演奏伴随着很多意外。正式舞台更是接二连三地出现状况。大斋原被森林包围，始终被湿气笼罩。撑着皮革的太鼓以及木质乐器会受到湿气的影响，所以彩排的时候用帐篷搭出了屋顶。屋顶在正式演出的时候才被撤下，于是乐器的声音和彩排时完全不同。声音扩散到空中，监听耳机完全没用了。阿伊努的弦乐器五弦琴和我的贝斯，音调合不起来让人着急。正式演出就是出现了很多这样的意外。

但是，听到这些意外的人反应并不差。活动直到中场几乎都是“纪念仪式”的严肃氛围，但我们的表演开始以后，会场的气氛似乎瞬间改变。演出结束后，摄影家安珠评价我们是“森林树荫下的小人”[1]。这是很准确

1 森林树荫下的小人：原文“森の木陰でドンジャラホイ”。取自日本一首表现一群小人在森林里快乐奏乐的童谣。

的形容。我绝对不想严肃、僵硬地演奏，而是想享受其中。因此，我们自己首先要享受，且要把这种心情传递给听众。回东京的时候，一位不认识的老人家在新宫站向我搭话，他说“听得很享受”时，我从心底感到安心。

对我个人来说，这就是在熊野制造出了一些声响，仅此而已。只要舞台开始的时候，云龙在大斋原祠堂前严肃地吹起笛子就好，接下来的一切都是余兴节目。当我配合云龙的笛声敲起印第安风格的太鼓，从祠堂走向舞台的时候，两个小个子男生跟在后面一直盯着我。虽然我问他们“要不要敲”的时候对方拒绝了，但我有一种在小村子演奏的喜悦。以这样的形式，私人地和同伴玩乐般做着音乐也很好啊。

自然发出的讯息

又是台风，又是地震，天灾接二连三地来。人类的力量对此毫无办法。而且，由人创造的东西在很多地方都遭受了严重的破坏。如果看一看最近的灾害，就会强烈而深切地感受到自然的残暴在升级。另外，这次还特别让我明白了一点，那就是面对自然灾害，政治也好，金钱也罢，全都无计可施。

大概二十年前，我出版了《观光》这本书，为了采访，和中泽（新一）君寻访了各地神社。听说在神社的深处有一块名为“磐境”的巨大岩石。它从一开始就被当作“神体”[1]来祭拜。在那之后才由人类建造了神社。所以，真正的参拜对象是磐境而不是神社。当时，在古神道的信仰者之间，流传着世界会归于磐境的说法。我觉得正

1 神体：在神道中指被神灵附体的神圣物体，有山、瀑布、镜子、玉石、剑等。

如他们所说。二十年前以象征性意义说出的话如今难道不正在变为现实吗？至少我是这样觉得的，而且重新紧张了起来。

我不禁联想到，自然正通过最近的天灾向我们宣告着什么。但是，这种宣告方式非常残暴，打破了我们对未来的希望，不是吗？这种感觉让我想起栗本慎一郎氏过去经常使用的一个词——“荡尽”。在新世纪文化里它是“欧米伽点”，在物理学中它是“突破”。虽然叫法很多，但最简单的意思就是“爆发性的激变”。以此为原则，不经历荡尽，事物就无法向前发展。

世界上发生的事件不也是一种荡尽吗？比如，家庭的谋杀案件，可以认为是家庭不和到达了临界点而引起的。在家庭之中，人与人的关系明明已经恶化了，大家却一直默默忍受了好多年。没有解决的方法，积压的东西最终爆发的结果就会变成伤害“案件”。这不就是如今“荡尽”的一种表现形式吗？

直到不久前，在我的观念中，“显露”（emerging）这个词都是一种象征。就像深海鱼从深海中出来，一直以来隐藏的东西明晰地显现，森林中的病毒在都市出现……诸如此类的现象。曾经隐藏起来的超自然现象已经不再神秘。马瑞克先生这样的“超魔术”师表现的也不是魔术，而是向我们展示魔术的真相。但是，如今比起“显露”，“荡尽”的爆发力、炫目感、影响力都更加强大以至于夺走了我的视线。

另一方面，科技的世界则正在诞生新的黑箱。也就是说，虽然一切看似都展露在外，实则某些地方错误已经开始出现。有一些技术，明明大众都在受其惠泽，却几乎没有人真正理解这项技术——听到这样的事情，任谁都会感到不安吧。

比如，冒出了这样的新闻：因为发现了阻断肥大细胞（mast cell）的酶，所以“苗条大胃王”得以出现。虽然应该欢迎先进的研究成果和新发现，但说什么“暴食也能保持健康”，我看人类是完蛋了。如果一直只以科技为主导会很可怕。

我也会忍不住想，如果没有电会怎么样。如果没有电听不了音乐我会难受，所以现在家里还有留声机。二十年前，我从一家名为“谢尔曼”的专营留声机的古董店购入。有了它就什么都不用担心了。就算听不了最新的音乐，能听听探戈和弗雷德·阿斯泰尔（Fred Astaire）也好。

很巧，前几天，因为杂志策划，我得以有机会拜访

“谢尔曼”。当时，店主给我听了 1903 年录下的卡鲁索（Caruso）的歌声。那个时代还没有电，是用发条还是什么录音制盘的。百年前的空气振动没有通过电力就被录了下来，原封不动地直接播放出来——这简直应该叫空气振动的时光机。听的时候，我深深地被打动了。

从技术层面来说，据说接下来将迎来九十六千赫兹的广频时代。但是，我们这些音乐家对此完全没有兴趣。相反，甚至想让音域变窄。人声也是，用黑胶唱片听会非常美妙。但是，如果性能变强——也就是说能捕捉到的频率范围变广，在收录人声的同时也会将多余的杂音录入。好的声音在某个限定的频率范围内听就足够。性能低的东西所拥有的优点其实很重要。听到百年前卡鲁索的声音，我觉得那是一种与高性能的发展方向相反的音乐形态。

从新闻的缝隙中看到

最近两年，我养成了一个习惯——在网上看新闻时剪贴自己感兴趣的部分。说是剪贴，其实就是把新闻和照片一起复制、粘贴做成文档而已。如果要说有什么自我发挥的点，也就是在限定的字数内想一个让人一目了然的标题而已——因为我当时还在用 Mac 的 OS9（如今到底还是用上了 Mac OS X），文件名的字数有限制。

我以前就是笔记狂魔，日记啦随想啦全都会顺手速记下来。结果纸条和笔记最终都不知道散落到了哪里，所以我从某个时期开始，决定全都输入 PowerBook[1] 里。最开始是用来记日记，但不知不觉间日记意外变成了新闻剪贴。从两年前开始，我差不多像完成“每日的功课”一样盯着新闻，收集感兴趣的部分。

1 PowerBook：苹果公司发售的一款电脑，于 1991 年至 2006 年期间售卖。

这段时间的新闻基本上全是消极信息。和现在相比，我的童年时代简直和平到让人怀疑是不是一场谎言。国民全体好像都很放松地生活着。“案件”这种东西就是特殊事件，是经受众人思维审视的对象。比如“三亿日元事件”的发生，甚至能轰动社会长达十年之久。要是现在，哪怕发生了五亿日元抢劫案，人们也会第二天就忘记吧。而且，罪犯也变得凶残了。就算不提“阿部定事件”，也有很多放在过去会变成传说的案件。新闻本身的价值变得稀薄，只不过是一条数据罢了。所以我得以俯瞰它们，不去追寻新闻的意义和深刻性，转而拉开距离审视它与自己的关系。

总是看到恶性事件的报道，所以偶尔遇到好消息就会被打动。去年秋天，有一条新闻说，从山上下来的熊把一片苹果园的苹果全给吃光了，苹果园的存续受到了威胁。果园主人接受采访时说了一句话。因为不是网络新闻而是电视新闻，我恰巧听到了。

他说：“不是熊的错，全是人类的错。”

我听到这句话很惊讶，感慨居然还有能说出这句话的人存在。这个秋天的熊害很多，在那之前听到的只有哭诉和牢骚。总觉得在这位果园主人的采访之后，事情稍微开始变化了。

他当然不是环保组织的人，只不过是在经济系统中从事农业的人。在这种农业的前线，有人开始近距离感知到了自然危机。事态已经到了无可挽回的地步。正是在这种无可挽回之中，蕴藏着变化的可能。这样的动向很难成为新闻。但是，如果收集新闻，就会从新闻的缝隙之中隐约看到“没写进新闻的事物”。

最近的收获是一条三行左右的新闻：福冈某寺庙中供奉的人鱼骨时隔四十年向世人开放展示。新闻称，这是镰仓时代搁浅在海滩的人鱼骨。令我惊讶的是，这座寺庙名为“龙宫寺”。龙宫寺是大概二十年前偶尔掠过我脑海的名字。那之后我一直想找到它并前往，但一无所获。明明是个看起来哪里都有的寺名，却意外地一直都没有遇到过。这座寺庙在二十年后终于与我相遇了。

脑海中闪过的名字变为现实中寺庙的名字在新闻中出现了，我惊觉：“找到了！”这种快感类似于突然想起了一直都想不起的什么东西。如果与已经忘记的东西相连，脑细胞就会贯通，某种东西就会开始流淌。这种灵光一闪的东西令我愉悦。这就是“尤里卡”[1]的感觉吧。

1 尤里卡：希腊语为“εὕρηκα”，拉丁化写法为“Eureka”，可译作“找到了”“发现了”。用以表达发现某件事物、真相时的感叹。

龙宫寺只不过是一个例子罢了，或许我开始做新闻剪贴就是为了类似的发现吧。我收集的新闻不过是个人喜好的单纯罗列。只是从每天流动的海量新闻中随意地挑选。但是，这些新闻在某个瞬间会与自己的个人经历连结、共鸣。或许我就像绘制地图或曼陀罗一般，通过新闻确认着自我的所在。

电影配乐的苦与乐

我担任了犬童一心导演新片《彩虹老人院》的配乐。因为导演记得我二十年前为《银河铁道之夜》做的音乐[1]，我才有幸获得这次久违的做电影配乐的机会。

以此为契机我回想了一番，最近看的作品里能留下余韵的电影配乐太少了。过去的电影里，有很多像《大路》（*La Strada*）中的《杰索米娜》（“Gelsomina”）那样作为电影配乐而诞生的名曲，但在《巴格达咖啡馆》（*Bagdad Cafe*）的《打给你》（“Calling You”）之后，我感觉似乎就没怎么遇到过旋律很好的电影配乐了。唯有埃尼奥·莫里康内（Ennio Morricone）的《天堂电影院》（“Nuovo Cinema Paradiso”）留在耳畔。这给了我创作好曲子的干劲。如果时代的氛围造就了音乐，那么创

1 《银河铁道之夜》（銀河鉄道の夜，1985）：增村博将宫泽贤治的小说改编成了同名漫画，这是以该漫画为底本制作的动画的原声碟。——原注

造旋律的动力在现代则很稀薄。恐怕是因为空有技巧的旋律的泛滥污染了人们的听觉。

在那个时代，好的旋律或许反而会干扰电影。刻意地减少配乐，活用环境音的电影也不少。我为了给配乐工作做准备，选了一些好电影重看，结果音乐少到没办法当作参考。

做配乐的时候，我们会拿到除了台词之外其他声音全部消音的样片来讨论。这时就会选择、决定各个场景哪些需要做配乐，哪些只加入环境音。大部分电影都不会从一开始就基于明确的音乐氛围来拍摄。所以，只看有台词的样片会觉得哪里都能加入音乐，但实际上只放入环境音就不再需要音乐的场景很多。虽然有很多用音乐来表现出场人物情感的电影，但这样的做法很廉价。我判断犬童导演的电影并不会用这种常见的做法，所以考虑减少音乐。

作为一个电影迷，在看样片的时候，我觉得很多场景都更适合只使用环境音而不要音乐。其实，这样的电影更符合我的个人审美。但既然这是领薪水的工作，如果说出“减少音乐吧”，很有可能会被误解，我需要在表达时斟酌一下措辞……

顺便一提，我觉得《银河铁道之夜》并不是电影配乐。因为这部电影的音乐太多，或许叫音乐电影更合适。

其实真正的电影配乐很难做。现阶段的我做不了好莱坞那种管弦乐编排的东西，更想创作抽象音乐。于是我搜集了很多声音素材。搜集工作本身挺享受的，但实际上意外地辛苦。

最开始本来想用船的雾笛声，但怎么都找不到，令我很挫败。虽然可以用火车的汽笛替代，但我现在试着偏离这个方向，寻找水壶烧开之类的身边就能制造的声音。倒不是非常执着于雾笛之类的，只是非常想要这种非人为制造的声音，不想简单地使用合成器。

开始某项工作前，先整理一番胡乱搜集的多到浪费的素材——这是我的癖好。不搜集到那些“恐怕根本不会用到”的素材，我就不能安心。这可能是我创作之前某种类似仪式的习惯，但这次并非仅仅如此。电影配乐这种东西，并非先有了影像就能做得轻松。用来搭配影像的音乐，如果用雕刻来比喻可能类似于着手开始雕刻时的石头或木头。但不论准备了什么，雕刻方法才会决定电影整体的方向性。也因为最初的一刀会决定所有，所以我迟迟无法开始。

就在这时，我看了《蜘蛛侠 2》。这是一部描绘年轻男女恋情的动作电影，但 DVD 中收录了极为详细的制作花絮，这对现在的我来说简直如获至宝。配乐的是丹尼·艾夫曼（Danny Elfman），所以并没有脱离好莱坞风格。但是艾夫曼也说“做音乐时我总会烦恼”，让我很有共鸣。他提道：“所谓创作音乐，很像把水桶掷入水井。既不知道井有多深，也不知道井底的水是否已经干枯，掷桶时所怀的就是这种极为不安的情绪。”这准确表达了“开始之前，一无所知”的状态。

虽然至今为止我也做了好多同样的工作，却无法确信这次能不能做到同样程度。我能相信的只有至今为止勉强做出的东西。我总是在做出来之前深陷不安。现在正是我惴惴不安，但差不多要开始掷水桶的关头。

创作与玩乐的界限是……

前几天,我终于完成了《彩虹老人院》的配乐[1]。截稿日前的三周内，我基本上在工作室过着足不出户的生活。连续几天独自一人关起来每天工作十五小时，这让我意识到自己正以 20 世纪 80 年代的感觉做着音乐。当时,我一边看着画面一边即兴完成了作曲。时隔二十年,这种尘封的感觉复苏了。体会到久别重逢的滋味的同时,我意识到这或许就是自己的本质。

进入这种投入状态,我会几乎毫不间断地连续工作。即使疲惫到想睡觉,身体发出悲鸣也不会停止,就在“等一会儿，再做一点”不断拖延休息时间的过程中，困意消失了。偶尔 Mac 死机不得不重新启动的时候，才会意识到“必须休息了”。但是想着“再等一会儿”，继续

1 《彩虹老人院》(メゾン・ド・ヒミコ，2005)：犬童一心导演，小田切让、柴崎幸、田中泯主演电影的原声碟（双碟装）。——原注

工作的过程中，时间又过去了。每天都是这种节奏，身体已经疲惫到了极限。

我知道自己会这样，所以近几年尽量避免太投入。年轻的时候暂且不提，现在我知道自己已经没有应对这种情况的体力和精力了。这次也因为截稿日的压力，不知不觉间又陷入了这样的状态。

并非昼夜颠倒、熬夜工作效率就会高。只是我在混沌的状态下，会做出一些奇怪的东西。虽然会不记得自己前一天做了什么，一边想着“之前做了什么来着”一边重听，结果经常让我感觉惊异。这种奇妙和意外也很令人愉快。

就这样，忘记东西给我带来了快乐。以我的经验来看，忘记自己做过的东西以及一直以来的风格会变得自由。虽然暂时清空过去的知识和经验、刻意放手很有必要，但其实很难。我的秉性是可以忘记音乐上的事，但这之外的东西——比如丢掉电脑就很难做到。

以前想到的点子、觉得会有用随手记下的信息全都四处散落。把它们都总结保存到电脑里以后，我好好整理了一番。但是，我总有一种逐渐积累起来的数据会在某一天全部消失的不安。直到最近才觉得“没了就没了吧”。

虽然我会把从哪里看到、觉得有用的信息，或者自己想到的奇怪点子收集到电脑里，但其实没有给别人看过里面的内容。虽然是觉得有朝一日会派上用场才保存的，但目前来说基本没有什么用。我试着拷问了一番自己到底为什么会做这种事。只能说，对我来说在电脑里输入、编辑这件事本身就会带来纯粹的快乐。这大概类似于录制电视节目。对于录好的画面，比起观看，把广告剪掉之类的编辑工作更有趣，这么想的人应该不止我一个。

往电脑中录入数据、录制电视节目并剪辑，这种整理行为本身就很令人愉悦。可以说，做着这些工作的时候，我享受的是自己的时间变得充实的感觉。与其说有什么具体的目的，毋宁说是讨厌无聊，才用它来打发时间。

和关系好的朋友每天聊的都是些无关紧要的内容，但很开心。虽然偶尔也会有有趣的话题，但转眼就会忘记。之后只记得“那个特别有趣”，但忘了具体说了什么。虽然这只是打发时间，但收获了很多快乐。既能打发时间，自身也觉得有意思这一点很重要。就像赫伊津哈（Johan Huizinga，历史学家）定义的“游戏的人”（Homo Ludens），人类本身就是喜欢玩乐的生物。正是这种没有目的、打发时间的行为在某处与创作相连。

总之在完成电影配乐之前，我埋首在音乐创作之中。

但完成的那一瞬间，我的心情陷入了失落。要把做好的东西给别人听，就会让个人作品染上社会性，可能会受到批评。这样一想，我就丧失了自信。

但是，另一方面，我也明白之前自己创作它们时是多么愉悦。虽然完成之后会作为电影配乐交出去，但制作过程的愉悦令自己不眠不休地投入其中。这种愉悦才能令玩乐与创作无法分割。顺便一提，完成时那一瞬的失落也会因听众的喜爱而迅速消散。虽然这是让肉体和精神都非常辛劳的工作，但此刻那种愉悦的余韵依然残留着。

我想创作“彼岸之音”

20世纪孕育了大量好音乐。仅仅身处这片宝藏之中静静聆听就能让我感到幸福。有时我也会想，好东西已经全在这里了，自己还有创作的必要吗？但另一方面，接触这样的宝物也会让自己想要创造宝物。这就是创作的美妙吧。接触好东西然后创作好东西，这种行为本身就是“创造”，这种能量的连绵延续创造了20世纪的音乐。但是，最近的世界让我强烈感觉到，这样优秀的音乐群似乎已经与我们割离。

前几天，母亲去看了科尔·波特（Cole Porter）的传记电影《小可爱》(*De-Lovely*)。母亲非常喜欢经典好莱坞电影，以前加里·格兰特（Cary Grant）主演的科尔·波特的传记电影《日日夜夜》(*Night and Day*）她就很喜欢。所以，她一边说着“最近的电影都好莫名其妙”一边战战兢兢地去了，结果很可怜地失望而归。

本来很喜欢科尔·波特的音乐的母亲却说“感觉不

太对”，我就买来原声碟试着听了听。原来如此。“翻译”得太过现代了。这不是爱，而是将科尔·波特当成了一桩生意。喜欢那个时代音乐的人应该会喜欢当时黑胶唱片以及单曲唱片中的声音。那些声音不单是旋律，也包括包裹着旋律的声音和氛围感。但是，这部电影并没有再现这些东西。

在屡次三番遇到这样的事情之后，遇到好作品简直就像得救一般。比如伍迪·艾伦（Woody Allen）的作品以及前几天发行的雷·查尔斯（Ray Charles）的传记电影《灵魂歌王》（*Ray*）等，就很好地再现了音乐和时代之声。尤其是《灵魂歌王》，恐怕是继《五便士乐队》（*The Five Pennies*）之后唯一一部能令我沉迷其中的音乐电影。包括大西洋唱片时代的东西在内，其中使用的音乐都是当时的原始音源。那些音乐当然很好，但比起影像本身，能够再现那个时代节奏布鲁斯的趣味真是太好了。

我还记得，中学时代一放大西洋唱片的单曲唱片，我就会因为那动听的声音兴奋非常。只要落下唱针，零点五秒之内我就会发出惊叹。不仅雷·查尔斯，听艾瑞莎·弗兰克林（Aretha Franklin）也一样。雷在转签ABC唱片后，声音立刻发生了改变。我从小时候开始，就对这种声音的差异很敏感。

这段时间，我受托创作 NHK 广播的宣传曲，为了找参考，听了很多广播时代的歌谣曲。在听战后大热的《苹果之歌》(リンゴの唄)重新录制的版本时，我体会到了“声音”这种东西的趣味。因为是昭和四十年代(20世纪 60 年代中期到 70 年代中期)重新录制的版本，所以能以立体声清晰地听到管弦乐队的每一个配器。虽然和原始录音的旋律、编曲完全一样，但不知为何那种扑面而来的哀切消失了。

流行音乐的旋律会因为仅仅改变声音质地就“生死各异”。旋律似乎无论如何都无法单独成立。那个时代的精神以及大众的内心从根基上支撑着旋律。而热门歌曲《苹果之歌》如果没有了根基的支撑——变成昭和四十年代的改编版本，就会听起来像另一首歌。

最近，世界几乎没有好的旋律诞生。而且，就算做了出来，也几乎不会被正确接收到，无法抵达人的内心。面对美妙的旋律和甘美的语言，人的感受性似乎无法运作了。好像不翻译成当下风格就无法传达。对于这种状况，我也感受到了割裂。大概是从昭和进入平成的时代，这种隔阂已经到了无法挽回的地步。

自己身处这种大环境，在如此热爱音乐的同时，也产生了某种对于音乐的回避。如果硬要问我现在最想做什么，我发现自己想做那种私人的、无法翻译的、位于割裂另一端的“彼岸之音”。数码录音时代的到来终于让工作室无需厚重的机械以及混音师这样的专业人员，仅靠个人就能制作音乐。只要使用操作简单的音乐编辑软件，谁都可以拥有自己的“画布”，像绘画一样制作音乐。再现“彼岸之音”——不，践行我认同的再创作也不再是梦。这也是一丝与未来相连的希望。

对我来说，所谓“彼岸之音”

前几天，我创作了由坂本冬美小姐演唱的“NHK放送八十周年”主题曲。这是时隔很久以HIS（1991年成立，由忌野清志郎、坂本冬美、细野晴臣结成的组合）的名义工作。从以前开始，我就对广播有很强的感情，所以意气风发地想做出昭和广播歌谣那样的声音，但实际做起来吃尽了苦头。最初我在工作室做出来的一个较为粗糙的小样很不错。清志郎的词和他的拟唱也很好。但这只是“拟”，接下来还需要改成坂本冬美小姐的音高、调整节奏，做很多修改。一通操作后终于完成了，给大家听收获的也都是好评。我也暂时安心了……

但是，当我突然意识到最初想做的东西是什么后再去听小样，却发现和成品完全不同。而且，我惊愕于小样版本要好得多。成品中，小样的精髓完全丢失了。如果要问我那是什么，我并不能准确地用语言来说明，但我非常确信其中最关键的部分丢失了。就算所有人都说好，我也不能接受，于是决定重做。从这时开始，工作变得异常艰难。

修改的过程中，在不知不觉间遗失掉的重要部分有很多。但是回想一下，人生中好像也有很多重要的东西被遗忘了。或许，这并非坏事。如果日常中充斥着重要的事，恐怕无法愉快地生活。在日常中忘记重要的事，才能活下去吧。

重要的事很容易挥发，渐渐升上天空。被忘记的重要的事似乎只是暂存在其他地方。意识到遗忘的那一刻，去那里重新唤回就可以。但是，不断忘记就会彻底失去。我告诫自己，至少应该记得自己忘记了什么。

最近在读的古井由吉的小说很有趣。我一般不怎么读小说，也完全不知道古井由吉是个什么样的作家，结果不知道怎么就买了回来。因为开头很难进入，起初我怎么都读不进去，但是渐渐就被这种难以进入吸引了。《野川》[1]这部长篇小说的主人公是一位让人联想到作者本人的老人。隐约有点神经质，因此能够表现出那种无法用语言形容的微妙感觉，传达了衰老这种状态中某些

1 《野川》(野川，2004)：作者古井由吉。这部小说生动地描绘了笼罩在我们周围的死亡。——原注

毛骨悚然的质地。读的过程中我明白了，老人心中有我尚未知晓的感受，这是我即将要体验的世界。

其中让我产生巨大兴趣的部分是对早上从睡梦中醒来时的心境的描写。在主人公看来，人类每晚都会经由入睡再生。如果不这样，不出三天就会无聊到想自杀。他推测，正因为通过睡眠得到了新生，人才不至于对无事发生的人生感到无聊而得以继续生活下去。于是，他每天早上都会以一种从遥远的宴会归来的心情起床。这种感觉我大概可以体会。恐怕，那正是另一个世界的宴会。对于“另一个世界的宴会”，我的内心产生了共鸣。

那么，我想稍微补充说明一下上一篇文章中使用过的词——“彼岸之音”。“彼岸”有“另一个世界”的意思。当然，这只是我自身内部产生的感觉而已。

比如，20 世纪 50 年代的音乐对我来说就是“彼岸之音”。这种声音与我亲密到甚至可以说已经成为我的一部分。但是，它与当下的时代格格不入，缺乏现实感。这种对我来说完全真实的事物从某一时期开始渐渐变得遥远了。恰好处于 20 世纪正中的 50 年代，夹在战争与战争的缝隙之中，众人豪饮着幸福，相信着光明的未来，相信文明正向前发展。诞生于那个时代的音乐在 21 世纪的今天看来确实宛如幻梦一般缺乏现实感。

对我来说，到某个时代为止，所谓“彼岸之音”恐怕都是布莱恩·伊诺的氛围音乐。但是最近，我开始觉得“彼岸之音”并非如此。比起寂静的音乐，或许嘈杂的音乐更适合彼岸。

20世纪50年代的音乐是宛如“另一个世界的宴会”一般鸣响着的热闹音乐。我有一种冲动，想将幻梦一般远去的“另一个世界”的声音与“这个世界”连接在一起。让“另一个世界”的声音融入“这个世界”的空气，再将其萃取出来。这不是很精彩吗？

自然与人类，以及量子力学

日常之中，促使我去思考环境问题的机会很多。最近，如果看一下以主妇为对象的问卷，会发现 80% 的主妇对“是不是环保支持者”的回答都是肯定。可见人们对环境的关心程度很高。

我也是，不仅限于环境，我每天还会对很多东西产生感想。但这些感想太丰富、太复杂，以至于让我无法组织成语言。但就算把感想说出口，一旦被问“所以呢”，我就词穷了。然而可以确定的是，我们不能再对环境视若无睹了。如果注意一下正在加速崩坏的自然，就会发现现状就像面对即将决堤的大坝，大家纷纷把手指伸入一个个缺口之中，拼命堵住水流。

去年（2004 年），我参与了纪念熊野三山以及参拜道入选世界遗产名录的纪念活动。当时被问到有什么感想时，我说就算人类灭绝熊野的自然也会留存。我就是因为拜访了熊野实际感受到了，才说出了这样的感想。

但是最近我听说，似乎因为进入世界遗产名录，游客增多，连参拜道的青苔都枯萎了。当然，那本来就是参拜道，所以也可以认为，它只是恢复成了人们通行的道路。然而，要让被踩枯的青苔恢复成原来的样子，需要花费很长时间。

虽然想让自然保持原样的心情比别人要强很多，但只要活在这个世上，自己一定也以某种形式加剧了对自然的破坏吧。所以，我无法简单地仅仅指责他人。自然破坏、环境破坏并不是能简单解决的问题。它们是人类过度繁衍引起的。但我们不能因此否定繁衍，这让人进退两难。这不是单纯的孰好孰劣的问题。而且，人口依旧会不断地增加，任谁都无法阻止。并不会靠某一项绝妙提议就能解决。

如此思考一番，就会意识到自然和人类是无法分开的。人类也是自然的一部分，这一点是无法改变的。人类的繁殖也是自然的一部分，繁殖过多就会破坏自然也只是发展的必然趋势。如果把目光移向宇宙这个庞大的存在，那么这些都只是宇宙中的一个事件。宇宙中应该也有这样的事。当然，我无法因此就放弃、接受。但如果不转换视角，就会拘泥于眼前的细微问题而忽略重要的事物。

如今这个时代的特征，就是会发生很多前所未见的事。比如住在加勒比海的人也会患上哮喘。这是从来没有过的事，试着调查了原因才明白，这和撒哈拉沙漠飞来的砂石有关。因为北极圈冰山融化，洋流发生了变化。海水的温度随之改变，上空的气流也跟着改变，砂石就搭乘气流被运到了这里。

洋流和气流如果变化，渔业和农业当然也会受到影响。一直以来都很肥沃的土地有可能不再肥沃。以历史的眼光来看，曾经丰饶一时的美索不达米亚平原如今也已经成为沙漠。现在被视为文明中心的地域，也有可能无法适应自然环境的变化成为边缘之地。既然过去文明会转移，那今后也会转移吧。

与宏观世界的现象同样吸引我的是量子力学的微观世界。量子力学非常晦涩，我这种门外汉只是一知半解。但当我驰骋于对我们所居住的这个宇宙的思考中时，它能够给我很多线索。这些线索有关很多极为细微的东西。比如根据现代物理学理论推导出的一些物理常数，如果稍有偏离，这个宇宙可能就会消失。或者说，物理学中的“强互相作用”“弱互相作用”的平衡只要稍微紊乱，原子核就会四分五裂，连分子都不再存在。然后，试着把视线从宇宙移向地球。大气中的氧气和氮气的比例、海水中的含盐量等等，让地球维持现有状态的微妙要素有很多。恐怕这些微妙的数字与人类毫无关系，人类无论如何都无法改变。

确实，地球的温室效应是人类造成的。或许，维持着微妙平衡的事物将来也会被人类打乱。但是，它究竟已经被破坏到了什么程度，以人类有限的知识恐怕无法真正明白。我们尚未好好理解自然不是吗？虽然看起来是在破坏自然，但从宏观来看，人类只不过是在自取灭亡。或许旧的文明灭绝，其他新的文明就会兴起。我想，人类灭绝的时候，对波及的其他生命——动物、植物都应负有责任。但就现实来说，这种趋势能不能被阻止呢……

既然找不到开创性的解决方案，我只能每天在心中任由这些想法盘桓，宏观或微观地观察世界。因为在既非宏观也非微观的现实世界，我已被深深卷入其中，无法客观地看待它。这个时代，恐怕人人如此。如果说有什么应该践行的事，那么在现实层面，至少应该好好进行垃圾分类吧。然后，一边给垃圾分类，一边深陷兜圈式的冥想。

超弦理论的“声响”

最近，我对物理学的兴趣又高涨了起来。虽然我数学很差，但中学时期一有机会我就沉迷物理。正因为它是个与我的日常几乎没有交集的世界，所以阅读理科相关书籍就会觉得僵硬的头脑开窍了，令人愉悦。因此，一旦我觉得自己的头脑固化了，就会去读物理书。

这次，重拾物理兴趣的契机是通过卫星频道看到了一档国外科学节目。今年（2005年）是相对论发表一百周年，也是爱因斯坦逝世五十周年，这正是一档为此制作的纪念节目。节目主题是终极的“大统一理论”（grand unified theory），其中最重要的则是“超弦理论”。我了解到，虽然基本粒子被认为是终极的最小单位，但随着量子物理学研究的发展，这个结论已经被否定。在这一研究方向备受瞩目的，就是宣称基本粒子是更小的“弦”之振动状态的超弦理论。不是点，不是球体，而是弦——这似乎是其关键。自顾自地振动，姿态也各不相同。据说也有如圆圈一般封闭起来的样态。

这是超微观世界的理论，现在还没有得到证实，但其重点就是弦的振动。所有物理学家都将其比喻为弦乐器。弦的长度不同，振动频率也不同，所以会发出各种各样的声响，以多样的个性创造出形形色色的物体——这种比喻由此成立。我作为一个音乐家，对“形态发出声音，声音创造物体”这句话产生了共鸣。

《疗愈场：宇宙秘密力量的探寻》[1]这本书读起来也很有意思。这是一本对包括超弦理论在内的新发现进行灵性思考和推测，最终总结出其可信性的书。对我来说特别有趣的是波普这位德国学者的研究。

波普以人体会生成一种微弱光线为前提撰写了某篇论文，并为了补充这一观点开始了不断的实验。他使用助手制作的精密计量装置，证明了植物等生命体会发出微弱光线。这种光线的波长大约为三百八十纳米，可以由各种生物细胞发出。正如聚集激光可以形成光束一般，这种由生命体发出的光（光子）也拥有同波段聚集、同

1 《疗愈场：宇宙秘密力量的探寻》（フィールド　響き合う生命·意識·宇宙，2004）：医疗方向的记者采访了全世界五十多位科学家，试图科学地阐明由神秘主义、替代医学、新世纪等概念描述的世界。——原注

调的相干性[1]。这被描述成一种共鸣现象。这种共鸣就像管弦乐，虽然无法将乐器一个个分离出来，但它们拥有作为整体的声音。

而且，在量子物理学看来，达到相干性状态时，粒子之间可以交换信息。如果让体内的某一个光子振动，它就可以一直传染下去，让其他光子全部步调一致。所有人都发出和周围同调的声音，固然和谐，但如果某一个人乱弹一气，是不是也能传染周围呢……这么一想我觉得很有意思。

前几天，我接到高田渡的讣告时，切身感觉到昭和已渐渐逝去。这十年转眼就过去了。和不久前相比，总觉得事物成为历史的速度加快了。或许这也和我上了年纪有关吧，但似乎年轻人也有同感。大家都有同感，意味着有什么发生了变化。

在基本粒子的世界，如果只存在两颗基本粒子，好像时间就会不复存在。如果把两个基本粒子的跳跃、撞击拍成影像，倒放这段影片会得到完全相同的影像。也就是说，对这两颗基本粒子来说，“过去→未来”与“未

1　相干性（coherence）：使两个或多个波动具有能够产生干涉效应的相位关联的属性，包括时间相干性和空间相干性。

来→过去”是同一种形态。在这里，无法产生人类思维中从过去到未来这种单向流动的时间概念。但是，如果基本粒子大量聚集，就会在混乱的运动中产生出秩序，从而孕育出时间。混沌之中不存在时间。

虽然与之前的科学性解释相比，接下来要说的更像是感性的想象，但我总感觉东西一多时间的流速就会加快。人类将能量固定为有形之物，将拥有各种可能性的流动力量塑造成某种形状，比如塑造成装茶水的器皿，就再也没有了别的用途。如果没用了，就会说“那就扔掉吧”。因为我们生在这样的时代，所以才会渐渐觉得没有时间吧。

这样一想，我在做音乐的时候，就希望不要制造垃圾。如果音乐也可以被当成一种有形之物，那就不要创造多余的东西，尽可能把沉睡的能量装入其中。只要这样，就能始终保持创造出好音乐的可能。而仅仅这一件事就能让我极度兴奋。

“稍等一下”的重要时刻

上个月开始沉迷物理学，这个月还在继续。前文我已经写过，从过去开始我就时不时埋头于物理学之中。最开始是中学时期，知道“宇宙正在膨胀”这一事实后倍感冲击。这一冲击性的体验被称为“我自己内部的宇宙大爆炸”也不为过。那之后，我时不时埋首其中，确认宇宙是否一如既往还在膨胀，还保持着充满谜题的混沌状态，然后发出“啊，没变”的感慨。这一时期相当长。当然，这样临阵磨枪式的一知半解并不能搞明白什么难懂的理论。我只是想通过阅读物理学书籍来清空自己在其他方面已经固化的头脑，所以一有机会就会对物理学窥视一番。

这次令我产生兴趣的“超弦理论”被称为现代物理学的文艺复兴。借由这一理论，原本混沌的场域似乎焕发了生机。闯入这样的世界，哪怕是门外汉也会兴奋。要说原因，就是即便世界已经颓败到了这种地步，这个绝无仅有的地方还在诞生新的惊喜。而且，这是完全由理论建构的世界，没有感性入侵的余地。哪怕只是暂时置身其中重新审视，也会惊讶于现有的世界是多么感性。

最近，我很在意电视里所谓知识分子的发言。其中有沉默了十年左右，却在这个不安定的时代趁势复出的人。他们大部分都在谈论严肃话题。因为多少有点道理，我就仔细听了。然后，我就会发现他们的言论不知不觉间带有了主观色彩，往往并非理性。

比如，他们会指出现代人的生活和自然断了联系。只知道能在超市买到盒装的肉、鱼、蔬菜，却不知道它们从何而来，也不知它们原本在自然中的形态。差不多都是这类生活层面的发言。还有人分析犯罪频发的现象，认为原因在于日本丧失了过去的生活气息。这些观点之中，有很多和我平时的思考重合，但每当我觉得“说得好”，继续仔细听下去，就会发现论点变成了修改宪法。选取社会上的负面消息，牵强地论证拥有军队的必要性——这样的人也增加了。意识到这股潮流，令我十分诧异。

不仅是负责发表评论的“知识分子”，媒体的报道也有不少偏颇之处。看到这些，我就会想，他们为什么不能更理性地发言，更有逻辑地把握事物呢？虽然我自己也并不是那种逻辑很强的人，但我在判断事物的时候还是会依赖理性。

对时政评论之类的产生了认同后又觉得“怎么不对劲”的情况也增加了，这让我意识到不能简单地认同。发言不听到最后不能下判断。当下，我想更加重视自己心中的理性。读物理学书籍会让我愉快，可能就是因为现在的我喜欢物理学式的思维方式。这和简单的诉诸理论略有不同。现代物理学所说的把这种思考方式量子化，并不是要将其转化为数学公式，而是要更为详细地记述事物。毕竟处理极微观的世界发生的事，不使用严密的语言是不行的。

思考自己当下生存的世界是一个怎样的世界，物理学诞生于这一单纯的好奇心。深入了解它，就会让人开始怀疑如今我们所感知到的现实究竟是什么。在量子力学的世界中，哪怕是基本粒子这样的“物质”也是看不见摸不着的。如果我们穷尽想象力，甚至会觉得微观量子世界才是现实，而一直以来的人类社会则是幻想。佛教传播着释迦牟尼那句“一切有为法，如梦幻泡影(māyā)”。释迦所在的是观念的世界，与此相对，物理学更进一步，逼近了世界的真实样貌。为了抵达那里而使用严密的语言和思考方式，难道不是极为重要的吗？

但我并没有受量子化思维方式的训练。所以，每当感到不对劲或是需要“稍等一下”的时刻，我一定会记下来。事后，我会重读，试着揣摩自己的感觉和思考脉络。以前我有把梦记录成文字的习惯，想不到在出乎意料的地方派上了用场。

如果将无聊视为朋友

据说，海豚、鲸鱼等海洋哺乳类动物的沟通能力非常优秀，能够建立比人类亲密度更高的共同体。因为对它们的这种能力很感兴趣，大概十年前我还参与过在东京举行的“国际海豚鲸鱼会议”。当时，在会场中偶然遇到的邻座的人让我感受到了“爱”。虽然对方是我完全不认识的中年白人男性……

回想一下，和海豚以及鲸鱼的相遇也一样。动物和人类也好，植物和人类也好，人类与人类之间也好，都有类似这种可以称为羁绊的东西。即使无法用语言交流，也知道彼此有所连接。对我来说，音乐也是类似的东西。听音乐也能感受到“爱”。就好像自己的胸腔之中流过了一股暖流。这既不是感动，也不是喜爱或者厌恶，而是能让人感觉到“啊，我存在于此”，感觉到生命的存在。我想这样说会比较好理解。它已经脱离了情绪，而成为一种纯粹精神性的感受。

但是，明明走在街上会跟无数人擦肩而过，为什么无法感受到羁绊或者“爱”以及温暖呢？这对我来说是个谜。当然，如果深入地了解每一个人，应该会产生羁绊。但是，我从海豚以及鲸鱼那里感受到的交流与此不同。所谓生命体，原本就以深层的互相理解为前提。如果本来就有羁绊，那么不用深入了解也应该能感受到“爱”。可是我却感受不到，这究竟是怎么回事呢？而相反，极偶然地从遇到的人那里短暂感受到羁绊的瞬间令我讶异。

名古屋市营地铁等场所禁止在电梯上步行。恐怕因为人们已经争分夺秒到即使在电梯上也要快速地走动，才到了不得不禁止的地步。我成长的年代，电梯只有百货公司才有，非常少见。没有人会在上面走动，人们都很开心自己被运送着移动。正是因为经历过这样的时代，我才会被偶尔急匆匆在电梯上走动的自己吓到，对周围同样在走动的人也感到了违和。这让我觉得，某些异常的变化应该在持续发生吧。

以与人的交流为例，差不多三十年前，哪怕在东京邻居之间也有交往。在我小时候，邻里之间还会交换小菜，经常有人喊着“打扰了”来串门。因为这样的羁绊存在，就算有打架有口角，底色里也流淌着某种温情。

经历那个时代的一代人应该还在社会中占多数吧。但比例终究会颠倒，没有经历那个时代的一代人就要占据多数了吧。我想，他们也会建构出属于他们的安定社会吧。

团块世代[1]一起步入退休是在2007年，有人预测社会上将发生各种各样的变化。比如企业失去老练的技术员以及核心技术，退休人员会回到家乡激发地方的经济活力。有一点可以肯定，那就是大部分人会拿着退休金和养老金一口气游玩一圈。我想，从个人层面来说，一直以来都作为上班族被束缚在企业——主要是东京的人，一旦得到自由，就会迫不及待地离开东京吧。

我自己也是，有了差不多可以抛弃东京去别的地方生活的念头。我想，都市文明的时代差不多要结束了。对此，观察一下音乐的发展就很明了。20世纪50年代至70年代，是以国别为区分的音乐互相切磋的时期。美国流行（American Pop）、英伦摇滚（British Rock）、坎佐纳（Canzone）、香颂（Chanson）都是"国别"音乐。在那之后，迎来了"都市属性"的时代。比如，在科技舞曲的时代有纽约、洛杉矶、慕尼黑之音、东京电子等等。

1 团块世代：日本1947年至1949年间新生儿激增时期出生的一代人。在人口金字塔中，这一时期的人数最多，故得名。

但是，如今这些都已崩溃，都市丧失了能量，为音乐赋予特征的变成了个人。音乐人自身已经不再背负国家，也不再执着都市，很难被概括为某种风格。从这个意义上来说，音乐已经未来化了。变化并非全是消极的，也可以从积极的层面把握。

我的周围也有不少离开东京的音乐人。待在东京不再等同于拥有创造力。相反，在这里无法保持平静以至于消耗很大，奇怪的信息多到让人困惑。或许有很多人觉得去了没有人烟的地方会感到无聊。有某个名人说过“无聊会招致战争”，但我并不这样认为。毋宁说，不应该以无聊为敌。如果将无聊视为朋友，大部分事情都会顺利。

换行，朝向新的流行

如果突然被电台播放的音乐触动或者感受到冲击，自己就会拿起乐器试着创作音乐——所谓20世纪的音乐就是这种东西。听着过去和同时代的音乐，我做着属于自己的音乐。我乐观地认为，这些总会以某种形式传达给某些人。基本上我不会抛弃这种思维，但最近也开始觉得自己做的音乐或许已经无法被下一个时代的人理解了。我只能稍微自嘲地想，自己或许已经成了濒危物种。不过，不论是谁做的，音乐这种东西只要被听到就会传达出去，如果有人从中汲取到什么，音乐就不会轻易消失。

在古典音乐的世界，磨炼演奏技巧、提高表现力非常重要。而在摇滚乐和流行音乐的世界，虽然有很多场合也需要通过技巧来表现，但技巧本身并没有那么重要。不仅专业的音乐家，普通人的心中也暗藏着创造的潜力，比起演奏技巧，将这种能力提取出来进行表达是更重要的“技巧”。至少稍微掌握一点这种技巧，任谁都能创造，这就是这种音乐的优点吧。与古典的世界相比，在这里，专业与业余的界限更为暧昧。

而令这件事得以加速实现的，就是电脑软件的进化和普及。借此，更多人得以轻松制作音乐。最近，从来没有做过音乐的人突然开始使用这类软件做音乐，这种情况受到了关注。他们的音乐对我们来说很新鲜、很有趣。随着这股潮流，很多优秀的音乐诞生了，让我在这十年中屡屡感到惊喜。甚至可以说，现在发生着的事将会成为今后流行音乐的基础。我一直觉得，这是与之前完全不同的语境。在此打下句点，换行，新的书写就此开始。

当然，我属于稍微早一些的一代人，浸淫于音乐的时间更长，虽然不及古典音乐，但依然置身于会适当注意乐器演奏技巧的世界。我拥有在这种音乐家气质的世界中培养起来的感性和技巧，也明白狂热音乐爱好者的欣喜与快乐。可以说，20 世纪的流行音乐史和我自己的音乐以及音乐体验紧密地连接在一起。但是，如果完全沉迷于这样的世界，就会切断与当下新音乐的连接。我算是勉勉强强同时踏足了两个领域——一直以来充满音乐家气质的世界和最近的音乐世界，所以可以将二者做比较。

我想对于年轻音乐人来说，过去的音乐家气质是一个与自己绝缘的世界。他们或许会对流行音乐史感兴趣，但并不了解。因此他们的音乐能让人感觉到某种自由。相反，也许他们越知道音乐的历史就越无法创作音乐。

不知是幸运还是不幸，我正因为知道得太多，所以总会心生纠结。20 世纪 90 年代做氛围音乐时，我就听不了流行音乐，必须假装把一切都忘掉才行。流行的世界和抽象的世界，简直就像灵肉分离一般在我的心中分裂开来，令人痛苦。但是，经过了十年时间，我终于能够随心所欲地抛开或捡起自己内部的音乐家气质以及狂热乐迷的部分，自在地创作了。在此之前我都只能待在某一个世界中而感到非常痛苦。在这十年之中，我渐渐将二者统合了起来。这个过程对我来说是一种快感，也是一种发现。从这个意义上来说，这十年大概是一段充实的时光。

想要以音乐为职业就需要与音乐史发生关系。这可以说是创作的信条。有只活在音乐史中的人，也有像年轻音乐人一样与此完全无关的人。除此之外，也有像我一样始终背负着历史向前的人。

但是，这与创作的本质不同。对创作来说，自己内心涌起灵感的瞬间极为重要，只延续传统几乎没有意义。如此这般创造出一首曲子，缪斯也会欣喜。对我来说，基本上只要缪斯开心就好，其他事情并没有那么重要。

支撑内心的东西

最近总是听说身边的谁又骨折了。一连串的消息始于半年前母亲摔倒后扭伤了脚。那之后就有认识的人肋骨骨折啦，闪了腰啦……横尾忠则先生说，摔倒是来自祖先的通知。他认为，摔倒就算没到受伤的程度，也是祖先在告诉我们什么。照这种说法，最近简直是各种祖先一齐出来发通知了。就算没这种说法，周围病倒的人也不少。一开始我觉得是自己上了年纪的关系，但生病的并不仅限同龄人，可见并不只是这个原因。我总觉得，有什么东西正在缓缓逼近。

就在这时，朋友突然病倒了——或者更准确地说，去做了检查，疑似是很严重的病，于是接二连三地做了更多检查。面对这些突如其来的状况，我也帮不上忙，唯有祈祷。我很久没有如此认真地祈祷过了。这令我突然记起——差不多二十年前，我曾经有过一段潜心祈祷的生活。

当时，我出入寺庙，埋头于修行，参加“三千佛忏”等礼拜。要是统计一下，我做礼拜的次数应该相当多。那之后，我就傲慢地觉得“差不多积够德了吧”，也断了信念，远离了宗教世界。也不能说是作为替代，但在那之后我就开始受到美洲原住民思想的影响。某次，我听闻霍皮族（Hopi）的宣言“我们已经放弃祈祷”，虽然只是一知半解，但我十分认同，便也放弃了祈祷。当时一方面是因为和他们“现在才祈祷已经太迟”的观念共鸣，另一方面也觉得自己做了那么多次礼拜“已经存够了德行”，产生了懒惰的心情。那之后还发生了很多糟糕的事情，不论世界如何变化，我自己总是保持淡然，甚至可以说过得很快乐。如今回想，这十年与其说是放弃了祈祷，不如说没有契机让我产生认真祈祷的冲动。

我问了父亲他童年时代的事，发现他的日常就充满了宗教礼仪。今天是“观音纪念日”，明天又是哪个佛祖的纪念日——按这样的方法制定日历，似乎每天都要进行供奉仪式。宗教确实拥有这样需要“日常维护”的一面。而另一方面，它也拥有陷入困境时的应对方法。同理，祈祷也拥有这样两个面向。

因为各种各样的契机，我又开始思考死亡。小学时的我，极端一点来说，是一个被死之恐惧附体的小孩。虽然不是每个早上都这样，但我经常在睁眼的一瞬间觉得“我快要死了”，然后猛地坐起来。我被囚困在“死亡是无法逃避的命运”这一思维中。

当时我经常做一件事——把纸牌卡片像时钟表盘一样排列，一张一张地翻开，一个人玩耍。这个游戏是在时钟的十二个数字以及中间的位置分别叠放四张牌，一张一张地翻开以完成表盘。但是，如果开出四张“13”，无论表盘是否完成，游戏就结束了。玩这个游戏的时候，开出第四张“13”的瞬间，我就会觉得“啊，我要死了”。对我来说，这个游戏象征着死神什么时候会对我显形。

最近，我又想起了这件事，对死的思考奔驰在脑中。

近来，总觉得我的生活完全深陷现实。因此，祈祷也好，死也好，才会暂时从思维中消失吧。但是二十多年前，我还频繁遇上超现实事件。其中大部分都是与死相连的神秘体验。想起这些事，让我重新感到：“人生啊，真是奇怪。”

比如，我遇到过两次一个有脸，但是没有眼睛、鼻子、嘴巴的人。直到现在我都无法说清那到底是什么。还有去冲绳旅行时，在夜晚发呆的时候，看到闪烁的小小光点升到了空中。那究竟是什么，我也无从知晓。或许它毫无意义，只是萤火虫而已（如果真有规律地闪烁着飞向空中的萤火虫，也足够厉害了）。当时朋友也在身边，看到了同样的景象。那是切实发生在现实中的事件，无法否定。有了这样的体验之后，我开始觉得还是不要把东京的都市生活想得太普通了。不要限定观看现实的方式，应该要灵活地应对。如果不这么做，应该看到的东西也会看不见。

遭遇超现实事件，任谁都会受到冲击。淡然地度过每一天，困于日常生活时，这样的遭遇倒也能达到一种休克疗法的效果。邂逅没有五官的人，看到闪烁着升空的光点，这些体验在我心中如全息影像一般刻下痕迹。因为拥有那样的体验，我才会觉得今后不论遇到什么我都会安然度过。真实发生过却如做梦一般的事件，似乎可以成为支撑内心的东西。

那个瞬间，听到内心的声音

9 月 4 日,在狭山[1]举行了“海德公园音乐节”(Hyde Park Music Festival)，我在露天舞台唱了歌。我想很多人应该都还记得，那天第 14 号台风逼近，关东地区遭遇了短时间的强降雨。没有例外，狭山也是雨。

我是最后一个出场。我想，会不顾这么大的雨留下来的观众应该只有非常喜欢音乐的人吧。听说还有先去车站躲雨，再返回会场的人。但是，如此被等待着这一事实却对我造成了压力，让我有一种被逼迫的感觉。如果雨一直这样下下去,对大家而言都是一件憾事。所以，我拼命向神仙精灵祈祷雨停。万幸的是，登台的时候雨停了。托雨停的福，大家都开心了。结局很完满，我松了一口气。

1　狭山：位于日本埼玉县西南部的城市。后文所说的演出在狭山市稻荷山公园举行。

问题出在回程路上。虽然在狭山那会儿雨停了，回去路上却又下起暴雨。这恐怕是演出时雨停的代价……关越公路的隧道被淹，汽车都像带篷马车一样泅渡。中途我们下到了国道，但道路依然因为被淹而堵塞。

查看之后发现，一辆车在水坑处进退维谷。但是，对面车辆从水的另一面一辆一辆渡了过来。我前面只有五六辆车，觉得应该很快就能过去，便耐心等待着。就在这期间，连滞留在水中的车也想办法到了对面。但十分钟过去了，我前面的几辆车还是一动不动，身后已经排了近百辆车。太奇怪了。我想看看究竟怎么回事就走了出去。一直走到队伍的最前列，敲开车窗，一位三十多岁的司机求助般对我说道："怎么办，好可怕啊。""我知道很可怕，但是你能看到对面的车都开到这边来了吧。绝对没问题的，走吧。"我这样鼓励了两次，对方终于过去了。

他因为看到前面的车被水困住动弹不得，所以才陷入了恐慌吧。再加上后面好几辆车里的人面对这样的状况也不闻不问，只在车里等着。他们也和第一位司机一样，陷入了恐慌吧。但是，等待期间雨还在下不是吗？一直这样等下去水会积得更多，会变得更加难以通过吧。在这种紧要关头什么都不做，不，无法采取行动只会让情况恶化……

虽然我平时是个“尽可能什么都不做”的懒家伙，但关键时刻也能打开开关行动起来。肾上腺素瞬间高涨，做出我自己都无法想象的行动来。这次的事情回想起来，就像一场愉快的大冒险。

但是，“乞求晴天”、渡过难关已把我的力气消耗殆尽了。那之后我就感觉生命力变弱了。这种时候，就很容易感受到他人的恶意和敌意。去参拜最近常去的神社时，我无意中听到了解除这种“诅咒”的方法——“哪怕十米也好，跑起来就好”。这句话听起来像神的声音，但其实是自己内心的声音。

我本来很讨厌跑步，而且还有被迫跑步差点死掉的经历，所以决定哪怕错过新干线和飞机也绝对不跑。也就是说，我把跑步这件事从自己内部清除了。所以，如果用理智思考，我是不会产生“跑起来”这种想法的。但或许通过前往神社，一直以来没有上升到意识层面的情绪浮现出来了吧。回想一番，我确实一直没有做过活动身体的事。就以此为契机，试着动起来吧。活动身体其实在广义上也包含着行动。

比如，创造一个对自己的音乐和听众来说都恰到好处的演出场地。东京市内适合我们这类做流行音乐的音乐人演出——大概能刚好容纳四五百人——的场地几乎没有。主流摇滚或者古典音乐、传统音乐以外的音乐人们渐渐失去了演出的场地。狭山的演出之后，我本来想和相同的成员在东京也演一场，但怎么都找不到会场。我一直期望能有一个“趁手”的会场，这次更是切实地感受到了必要性。

如果东京市内有一个合适的会场，每天都会有人登台演出吧。至今为止因为没有合适的场地而不能来日本的海外音乐人也可以随时过来了。有了这样的交流，一定能诞生有趣的东西。一直以来我总想着“要是有就好了”，但什么都没发生。那么，何不试着自己行动……在神社听到的“声音”触发了我的很多思考。

旅行的诱惑

中学时，我坐过釜石线[1]的蒸汽机车。这条线路从花卷到釜石，一直都奔驰在隧道内。我乘车的时候是仲夏时节，每次车钻入隧道时，乘客都会站起来关上窗户。但我依然记得众人的脸被煤烟熏黑的样子。

最近，我和孙子一起坐了大井川铁道[2]的SL[3]。虽然我期待这次旅程能重温过去的经历，但期待落空了。就算列车钻入隧道也没有人起来关窗，烟也没有进到窗内。而且，就算竖起耳朵也听不到蒸汽机车特有的“咻咻噗

1 釜石线：一条连结日本岩手县花卷市的花卷站与釜石市的釜石站的线路。此路线有昵称“银河梦铁道釜石线”，起源于釜石线的前身岩手轻便铁道，被指是宫泽贤治的《银河铁道之夜》的灵感来源。

2 大井川铁道：简称“大铁”，位于日本静冈县。大井川铁道拥有两条铁路线，大井川本线和井川线。其中大井川本线仍有蒸汽机车保持运行状态；井川线是日本现存仅有的“Abt 式铁道”（齿轨铁路），因此又被亲切地称为“南阿尔卑斯 Abt 线”。

3 SL：蒸汽机车（Steam Locomotive）的首字母缩写。

噗”声。之后我问了懂行的人才明白，最近使用的燃料都是无烟石炭，没有烟，不含煤，也没有声音。在我的记忆中，SL 的舒心之处就是蒸汽机车的声音以及与之相反的车内的安静。被煤烟熏黑也是乐趣之一，没有了它只会寂寞。

虽然听不到过去怀念的“咻咻噗噗”声，但相对地，去程的列车中播报员说个不停，令人无语。回程时乘客很少，我发现没有播报以后才意识到，那是面向去程时同乘的团体客人的服务。这种过剩的服务并不仅限 SL。现在的日本社会，明明人与人之间隔着距离、缺乏温暖，却将过剩的服务强塞于人。就算是淡季的湖泊，一个人都没有的海滩，却还放着音乐。明明是为了追求安静才去旅行，却听到了不想听到的声音。无法躲开这样的事是近来我旅行时最大的烦恼。

20 世纪 80 年代中期，跟朋友聊天时兴奋地说起“去哪里玩儿吧”，趁着这股劲儿，我们决定前往一直都没去过的冲绳。“那明天羽田机场见”，就这样定下会合地点，第二天在机场买了机票就上了飞机。在那霸停留一夜时又商量“接下来去哪里”。然后决定往八重山去，又在第二天买机票登机。接着又从石垣岛的港口向着竹富岛出发。到了以后多半总有好的旅馆，能优哉游哉住进去。没有提前预订，一切都是当场临时决定。最终，我第一次遇到了理想的海滩。

在岔路口通过投掷木屐决定走哪条路，这样随意的旅行中，一定有礼物在等待自己。旅行本身就能将人带到某个特别的场所去。如今，飞机和火车都无法成就这样的旅行了。要去哪里如果不预约，就乘不上飞机、住不了旅馆。那次冲绳之行以来，我自己再也没有经历过那样的旅行了。虽然最近想再这样旅行一次，但并不知道能不能实现。

我想就算飞机和火车不行，开车说不定可以。意识到在这个有诸多限制的世界，开车就可以随心所欲地移动，心中突然涌上不可思议的心情。一直以来，我的车都只在家和事务所之间往返，但每次都会有一种情绪，想“就这样开上岔路去别的地方”。事实上，道路可以通向任何地方，哪怕是十和田湖[1]也去得了。仅仅是想象一番都让人兴奋，但始终没有实现的余力。只要把一周的行程表清空，一定可以开着车随心所欲地出发。

以前，在长野自驾游的时候我偶然闯进过一条山路，出乎预料地到达了栂池的湿地。我想着“这条路要通向

1　十和田湖：位于日本本州岛最北边的青森县的著名旅游胜地。

哪里啊？"，在那条没有任何其他车辆的路上疾驰。我一边感慨“好厉害”一边往上开，抵达的终点是天堂一般的湿地。我很开心这是我自己发现的只属于我一个人的路线。但第二年我想再次体会那种快感而开上同一条路线时，发现中途就禁止车辆通行了。虽然保护自然是好事，但我也无法再次体会那种感觉了。就像“发现”这条线路那样，时不时会有这种身心满溢幸福的瞬间，只是无法保证还能再次经历。这些时刻就是如此珍贵。

但是，我知道只要去了八重山的某个海滩，就有那样的时刻在等着我。那里乍看之下毫无特别之处，只是普通海滩的一角。当然，如果不是在特殊时间段去那里，看不到阳光从我喜欢的某个角度照射下来就没有意义了。海水清透，微波闪闪发亮、熠熠生辉的时刻。瞄准那个时刻走上海滩随便躺下，任由双脚被浸湿，那种时刻就会到来。我心中确信唯有它不会消失。要说为什么，恐怕是因为最初的冲绳之旅，旅行整体的舒适已经与我的记忆产生了连接。

令人在意的人口增长

佛教称，弥勒佛会在释迦牟尼入灭后的五十六亿七千万年后再次降临。我总觉得这个数字有某种意义，因此很关注世界人口，想知道达到这个数字的时候会不会发生什么。1995 年世界人口超过了这个数字，最终什么特别的事都没发生。但是，人口在那之后还是一如既往——不，毋宁说沿着超出预想的曲线持续增长。

生命科学家、作家莱尔·沃森（Lyall Watson）指出，人口恐怕会增长到与脑细胞数量相同的上百亿。预测人口会增长到这种程度恐怕是一种乐观的思维。实际上，当下的增长状态无法平稳维持。人类必须经历各种各样的过程，才能达到这个预测结果。我们现在正在经历的压力和疾病全都是人类这一物种不断增加和扩张的结果。朊病毒[1]的存在不就是一种象征吗?

1　朊病毒（prion）：由错误折叠的朊蛋白聚集组成，是一种具有感染性的致病因子，能引发哺乳动物的传染性海绵状脑病。

一般来说，提到免疫系统的运作，应该都会想到识别自我与他者这一机制。但是，朊病毒那不可思议的特质会威胁到这种识别。患上 BSE[1] 的牛，就算有其他个体的朊蛋白侵入体内也无法识别，免疫系统无法正常运作。相对而言，从外部而来，被体内吸收的朊病毒会非常活跃，原本正常的朊蛋白也会逐渐变得异常。目前的权威研究称，它们在神经中枢系统的神经细胞中积蓄，就会引起 BSE。

在自然界中如果某一种群异常繁殖，经常会发生自相残杀的现象。自相残杀会让朊病毒进入体内。被身体吸收的朊病毒就像一种触发器。因自相残杀而被吸入的朊病毒，感知到了自己的种群增长过剩的信号，亲自消减自己的人口，从而引发了 BSE 之类的疾病——大概可以这样理解吧。以上全都是一个门外汉的思考，但在人口持续增长的今天，朊病毒的行为可以被看作一种象征。

我们这代被认为会引起“2007 年问题”[2] 的人，特点果然是数量庞大吧。虽说如此，我自己和同时代的人却并没有什么交集。直到最近，我基本上都是和二十多

1 BSE：牛海绵状脑病（bovine spongiform encephalopathy）的缩写，俗称疯牛症、疯牛病或狂牛症（mad cow disease）。由传染因子引起，属于牛的一种进行性神经系统传染性疾病，此疾病就是由朊病毒引起的。

2 指团块世代于 2007 年集体进入退休年龄。

岁、三十多岁的人一起工作，他们中的一部分人现在也就四十多岁、五十多岁。这十年间，哪怕走进咖啡馆遇到的同代人都很少。从前一起喝茶的同伴已失去联系，只偶尔听到一点他们的消息。但是，最近和同龄人见面的机会突然增加了。

现在经常听到，因为退休年龄的逼近，这代人重新恢复了生机的说法。确实，大家好像都在筹备着什么，准备做些什么。他们中的大多数硬要说的话，都有铁饭碗，或者主流行业的工作。所以大部分人都将收入投入到兴趣之中，达到了相当的水平。比如成为内行都自愧不如的擀荞麦面名人，或者对古典话题涉猎很深，要说他们不会优雅地变老那就是对现实视而不见。

将视线从这样的他们身上移开，会看到十几岁的少年却在杀人。这种落差到底是怎么回事……“大叔们”的优雅玩乐与孩子们的行为及犯罪绝非毫无关系。生在同一个时代、呼吸着同一种空气，我做不到事不关己。起码与犯罪的少年一样，恶之种子一定也存在于我的内部，我无法将犯罪事件当作无关的东西与之割席。难道看出这个世界地狱般面貌的人，只有我吗？

这几年，刚好身体的不适也增加了。三年前，因为很在意耳鸣就去看了医生，结果被告知：“简单来说，就是年龄的问题。慢慢习惯就好了。”似乎是因为脑内环境的改变，新的噪音增加了。确实，不知不觉间我就习惯了。

一点小小的违和感也能变成威胁人类的东西。比如治疗牙齿的时候，仅仅零点五毫米的咬合错位就会让人无法忍受。不过，人类终会适应。这并不限于牙齿。在人与人之间，还有很多很多的咬合困难……

白色的豆腐，白色的一天

去年（2005年）11月，我和笛子演奏家云龙一起在京都的清水寺献上了供奉演出。之前每次来都会有发现或邂逅，所以京都对我来说是记忆深刻的地方。即便没有这些，它那从任何地方都能看到的山脉以及流淌而过的河流也会让我心情愉悦。与造访欧洲城市时一样，让人想在街上悠闲地散步。我每次都觉得，住在这里也不错。

供奉演出后，我留宿于在伏见做豆腐的熊谷先生家。他是岐阜老派豆腐店的继承者，现在以京都为据点，传承着快要失传的手工豆腐制法。现在的豆腐不仅添加剂多，而且因为使用机械进行大量生产，所以几乎没有地方还沿用过去的手工制法。他的豆腐只供应料亭[1]等场所，并不在店里售卖。经人介绍而认识的熊谷先生三十

1　料亭：一种高级的传统日本料理店。

多岁，过去是 YMO 的忠实粉丝。以此为机缘，这次他不仅让我留宿，甚至还让我在第二天体验制作豆腐。

豆腐使用的是位于岐阜的自家农田栽培的大豆，以及被称为“名水”的伏见水源。将用水泡了一晚上的大豆用旧式锅具熬煮。明明我早上七点就起床了，却只有看着的份儿。我体验的是制作工序的最后部分。煮过的大豆被挤压，分离出豆乳和豆渣后，只将豆乳放入木桶冷却，最后放入盐卤一边搅拌一边使其凝固。此处最为重要。即必须精准地确定盐卤与豆乳的配比，我惊讶于居然要用实验室用的烧杯严格确定分量。

首先，我进行了搅拌练习。在盛有豆乳的小型锅具中加入盐卤，五秒内用刮刀以“の”字形搅拌。熊谷先生的指导很严格。总之必须将盐卤搅拌均匀。为了让豆乳在容器中得到充分流动而需要画“の”字，但并不容易。搅得太过豆腐就无法成形。这其中一定有秘传的技术。我无法用语言描述。

然后，正式开始了。这次不用锅，而是用船桨一样大的刮刀搅动巨大木桶中的豆乳。两只手握住这把刮刀，画“の”字搅动。我有点紧张。虽然不是禅宗修行，但也需要统一精神和控制气息。不过，想着“失败了也没什么”反倒碰巧达到了很好的效果。

刚做好的豆腐，直接吃上一口。既不要撒鲣鱼干花也不要淋酱油。那是滋味刚刚好的豆腐，应该说，那种味道如果被其他东西抹杀掉才可惜。吃完还余下很多，我问剩下的怎么办，对方告诉我要送去名古屋的料亭。或许，那天在名古屋的料亭，就有吃到我手制豆腐的客人。

到了12月，因为临近圣诞节，我变得有些抑郁。因为圣诞节一旦临近，各种情绪交织，人就会变得无法安定下来，我讨厌这样。无法融入虚假的华丽街景，寒冷一涌而上侵入身体，我就会很在意，人们究竟是不是幸福。我觉得圣诞老人好辛苦，因为无法让所有人幸福。

我小时候，通过以电影《白色圣诞》[1]（*White Christmas*）为代表的好莱坞电影，意识到圣诞节已成为可以和音乐一起沉入的幻想。它灿烂夺目的形象也深入了日本人心中。但即便如此，也几乎没有家庭聚在一起时会装饰圣诞树、摆放礼物吧。我家也只是家人一起去银座吃个饭。街上戴着乔装用的大鼻子眼镜的醉汉漫无目的地徘徊。即便如此，还是觉得充满风情。但是，这种幻想只维持了十年就显出了原形。家人、恋人一起

1　本片中文通译名为《银色圣诞》，为配合本节标题取日文通译名。

愉快过节的景象全都是幻想。归根结底，圣诞节和情人节一样，都变成了百货公司商业战争的借口。

前年（2004年）年末时我意识到，一年之中我最喜欢的就是12月26日。26日这天，大家都从圣诞节的氛围中解放了出来，是完全空白的一天。差不多到了年末，工作也大抵完成了，是面向来年整理总结、打扫房间、更新心情的重要日子。早上醒来，从室外钻入的空气恬静得让人愉快，总觉得有种怀旧的感觉，和我童年的昭和三十年代（20世纪50年代中期到60年代中期）一样。那时，每天都是这种感觉。但如今，这样的清晨时刻几乎没有了。

一年中唯一的一天，不被任何东西束缚的自由之日就是12月26日。大家的心情也平静到一片空白。来年的行程也是一片空白。当然一旦翻过年，行程表就要开始被黑字填满了。就算是转瞬即逝的幻想，这一天也是充分享受接下来都是“假期”心情的珍贵日子。

嗅觉是基本之一

每年1月，因为前一年没做完的工作在年末假期后还得接着做，所以完全无法画上休止符，也没有新年已至的感觉。不仅如此，我被连续三天都待在一起的孙子传染了感冒。发了烧，鼻涕也流不停。但是，正月六日[1]还是和家人一起去了早早就预定好的福岛温泉。听说福岛在下大雪，我出门时已经做好要遭雪灾的准备，但赶巧那天是晴天，顺利到了目的地。我不喜欢硫黄温泉，招架不住它味道太刺鼻，但温泉本身很好。

入住一晚，第二天，我突然发现自己的鼻子不管用了。硫黄的味道也好，食物的味道也罢，什么都闻不到了。估计是感冒导致鼻子塞住了吧。在感冒的情况下，嗅觉变得奇怪也不稀奇。

回去时，在车站附近为了打发等车的时间，大家一

1 按日本风俗过阳历新年，1月被称为“正月”。

起去了宠物店。结果孙子喊着“有屎的味道”冲出了店。出了店以后问了家人我才知道，里面充斥着犬类排泄物的恶臭。只有我一个人什么味道都没闻到。因为这种事我还是第一次经历，所以受到了冲击。

仅仅因为无法闻到气味,我竟会陷入绝望。想一想，我们一直以来都和气味共生不是吗？举个例子，喜欢油炸食物是因为喜欢那种香酥的气味。仅仅因为闻不到气味，就会食欲全无。各种各样的气味和香味，明明都为人生带来了喜悦……

而且，本来鼻子很灵的我一直都是家里的毒气探测员。经常被指派确认食物有没有坏掉。闻气味，含在嘴里，通过温度或鼻腔深处的嗅觉来确认。如果没有了嗅觉就无法察觉危险。夸张一点来说,甚至会有生命危险。

因为无法闻到气味，我不得不东闻闻西闻闻，试试自己有没有感觉。虽然基本上对所有的气味都没有感觉，但唯有对烟草可以隐隐约约感觉到刺激,我松了一口气，从没像此刻一样觉得烟草这么有用。然后，我闻了很多植物精油的味道，也分出了能感觉到的香味和感觉不到的香味。虽然能感觉出尤加利那清新中略带刺激性的香味，但广麝香则闻不到。如果用声音做比喻，波长高低的区别恐怕也存在于香味之中。就像听力不好的人费力地打捞起特定波长的声音一般，我则只能感受到特定“波长”的气味。

我觉得嗅觉变奇怪的原因很多。但我想起刚好同一时期，被毛衣挂住的指甲裂开的事，于是摄入了一点矿物质营养品。或许是这个起了效果，我的嗅觉恢复了，只是没想到契机居然是下水道的气味。那段时间，我总觉得东京的街上到处都散发着下水道的臭味。就连稍微在路上停个车，那种臭味都能飘进车内。失去嗅觉后差不多过了一周的某一天，在路上停车的时候，我隐约闻到了下水道的味道。那个瞬间我意识到“啊，治好了！”，特别开心。连闻到臭味也不在意了。我开心地跑去吃炸猪排，猛地吸入了油炸食物的香酥气味，沉浸在“啊，就是这个味道”的幸福之中。

大概这十年，我都没有在阳历的正月写贺年卡，而是在阴历寄送。我决定自己的除夕是 2 月 3 日的节分，新年则是 4 号的立春日。虽然不知道为什么，但阴历确实更合适。

自两年前从笛子演奏家云龙那里得到神札[1]以来，每年去早稻田的穴八幡神社贴神札就成了我的“新年”

1 神札：神社颁发给信仰者（氏子）的赠品，一般为写有文字并盖有朱印的纸制品，也称为“守札”或“神符”。

的例行庆祝活动。每年，写着“一阳来复”的神札贴的方位都不一样。必须在深夜零点那一刻准时贴上，一击即中。这种惊险的感觉很好。想象随着电话的报时，很多人一起贴神札的画面就很有趣。比起社会上一般会进行的正月的例行庆祝活动，这对我来说更有新年的氛围。立春也好，4月的花之祭也好，虽然我喜欢的节日都不是公共假期，但每年我总是自己庆祝这样的小众节日。

不限于例行庆祝活动。住旅馆的时候，把枕头放哪一侧睡觉；停车场有两个出入口的时候，从哪里进、从哪里出。我都会在无意识中选择更钟意的方式行动。那种时刻的指针之一就是气味吧。感觉不到气味的日子里，我之所以充满不安、无法平静，正是由于这样的原因。

将记忆置换为声音

从很早以前，我就开始记录做过的梦。对我来说，梦本身固然重要，但回忆梦境、记录梦境的行为同样重要。

所谓梦，在很多意义上都不同于日常。比如，二十年前做过的梦居然和今天早上做过的梦回忆起来有同样的感觉，就很有趣。在日常生活之中，似乎有与实际流淌过的时间不同的梦之时间。将一个又一个梦串起来，或许就能看到存在于其中的线。虽然是很老的故事了，但就像《X档案》里一样，只要将离奇的“神秘事件”连起来看，某条线就会浮出水面。

大部分人在梦里只能遵循梦中的剧情行动。也就是说，不能按照自己的喜好任意行动。但是，据说萨满做梦的时候，可以在梦中控制自己。

我因为猿田彦神社的巡幸祭祀去过冲绳的久高岛。

跟随猿田彦的足迹旅行时，遇到的祝女（冲绳及奄美信仰中的女祭司）也可以在梦里行动。她因为梦见过我和另一个同行者而非常惊讶，之后还邀请我们去了山原。

已经多次提过的卡洛斯·卡斯塔尼达的“唐望系列”也称，对萨满来说入梦之术非常重要。在书中，首先介绍了眼睛的使用方法。因为练习首先从在梦中看到自己的手开始，我也试着做了，结果太难了做不到。清醒的时候丝毫不会感觉到困难的“移动视线”在梦中变得很难。

说到眼睛的使用方法，我想起了三维画。曾经，用电脑将绘画变成三维画的书畅销一时。虽然有宣传称看三维画会对眼睛好，但其畅销恐怕是因为三维视觉会带来快感。

我第一次体验三维视觉是一场偶然。YMO 时期，演出时坐在控制台前的时间相当长。被称为“SSL”的、当时最新的控制台是一台非常漂亮的设备。坐在它面前渐渐感觉到困意的时候，控制台就会逼近到眼前，清晰地显出其中的细节。然后我就看到前所未有的立体形态。我惊讶地把众人喊过来，结果在场的人全都开始说：“看到了、看到了。”

当时，我极度兴奋地觉得“这就是唐望所说的事吧”。虽然仔细一看就知道，没什么特别的，只是因为控制台上有很多平行线整齐地排列着，因此造成了视线错位，产生了三维视觉而已……

体验三维视觉的时候，我会刻意模糊视线的焦点来看东西。这和眼睛不好的人摘下眼镜、有人故意拿用不惯的手来比赛等让人感觉到新鲜感的事情，有某种共通之处。我在做音乐的时候，也会刻意让自己回到一种什么都不会的状态。顺手的事全部扔掉，像返回幼儿时期一样弹琴，像猫咪在键盘上行走一样弹琴。从这样的状态出发，往往会有东西开始成形。

听自己的音乐，我经常搞不懂这样的声音究竟如何从自己内部产生。前段时间做《彩虹老人院》配乐的时候我就想到，这很像回忆做过的梦时会产生的感觉。也就是说，这是一种记忆。

如梦一般的记忆明明存在，却无论如何都无法成为语言。一旦固定为语言，就会成为别的事物。它宛如海市蜃楼，越想抓住就逃得越远。但我感到，这就是我创作音乐的源泉。对我来说，创作音乐这一行为近似于回忆起似乎在哪里听过、似乎在哪里看过的如梦似幻的东西。

我做梦之后会用语言记录。这与我做音乐的方法很像，所以或许这是一种训练。将记忆替换为音乐，对我来说充满快感。成形的音乐中，哪怕只包含其中的一鳞半爪，我也很开心。如果能确认它的存在，我就会觉得“啊，做到了”。

但是，所谓记忆，并非皆为过去。它只是与“回忆”的感觉相似罢了，与“过去”并没有太大关系。我的音乐，以前就总被说充满“乡愁”（nostalgia）。但我排斥仅仅被如此定义。因为不止过去，未来也是记忆的一部分。

融合交杂、持续变化的音乐

受到立教大学研究生院异文化交流研究科的委托，我开设了“异文化之音，自然之音——异化音乐”这一讲座。当初我自顾自地认为讲座应该是对谈形式，以为自己只要将用作资料的黑胶唱片、唱机、各种音源带过去，当个“俎上之鱼”就可以了。但得知现场必须由我一个人独自演讲时，我有些慌了。既然这样，那也没办法了，只好作为俎上之鱼突然开口说话。

这一学术领域，经常提及与异文化相遇时产生的克里奥尔文化[1]。试着思考一下吧，我们这代日本人，不就受到了美国文化的强烈影响吗？在这种影响下做音乐，不可能不感受到纠葛。从这个意义上来说，我这样的人，平时不可能意识不到异文化——我一边放着音乐，一边

---

1 克里奥尔文化（Crede culture）：一个文化人类学概念，通过克里奥尔化形成的文化。“克里奥尔化”指语言、文化等各种人类社会要素的混合现象。

仔细陈述着这些。

当天，我在演讲中播放的其中一种音乐是20世纪30年代的马提尼克（Martinique）音乐。其实，这是我现在觉得最有趣的音乐。去年（2005年）狭山的海德公园音乐节之后，我一直在怀旧。在重新听三十年前听过的音乐时，过去听不懂的东西现在都听懂了。比如，受美国音乐影响的卡利普索（Calypso）音乐，借鉴了好莱坞音乐和爵士乐的旋律后表现出的自由、广阔包容性就很有意思。就像这样回溯音乐原点的时候，我遇到了收录二十世纪三四十年代马提尼克音乐的双碟装CD *Biguine Valse Et Mazurka Creles 1930—1944*。

在听卡利普索音乐期间，我了解了其根基是被称为“patois”的法语俚语歌。虽然是法语歌，但因为混杂着非洲音乐那咒术般的气质，成了一种稍有些怪异的音乐。它的发源地就是马提尼克岛，以此为中心向加勒比海周边地区传播，不久就作为卡利普索音乐的原型而被神圣化了。

20世纪30年代，这种音乐在其初期，基本上都含有香颂等欧洲音乐的元素。但在此基础上加入节奏后，就向奇怪的方向进化了，周边的人听了可能会大为震撼吧。几乎一瞬之间，它就传播开来，变成了卡利普索音乐。

这种脉络与爵士在新奥尔良诞生后传播的状况很像。

听完这两张碟，我明白了马提尼克就是克里奥尔文化——在这个例子中简单来说，就是黑人与白人的混血文化——的发祥地。同时，我也明白了，现代的马拉沃伊（Malavoi）和卡利（Kali）都是这一谱系中的音乐人。

通过听马提尼克音乐，一直以来模糊不清的东西变得明晰了。居然还有这种做法——对我来说是一大发现，不，应该说是再发现。也就是说，存在将水、油这两种物质融合起来的做法。

比如，布莱恩·伊诺最开始做氛围音乐的时候，还没有加入节奏的余地。但是，到了浩室舞曲的时代，氛围音乐与节奏就已经自然地结合在一起了。当时，我也很巧合地开始做同样的事，这更令我震惊。这就是最初水油分离的二者随着时间的推移融合在一起的例子。

20世纪90年代以后，提及将氛围音乐与节奏融合在一起的音乐几乎全是抽象和极简风格。在音乐世界，这或许是重置的时代吧。如此抽象的音乐与流行音乐就像水和油一般无法融合。但是，进入21世纪以后，它们在歌曲中融合了。如今，带有旋律的东西正逐渐占据音乐场景的中心。这就是抽象与具象，氛围与流行混合、交织而出的东西。我自己的兴趣在这几年也移向具象了。

另一方面，在马提尼克音乐中，香颂与卡利普索融合了。所谓香颂是抽离歌曲和旋律就无法成立的音乐，在某些方面给人一种早已死亡的欧洲音乐的印象。而以前一直在听的卡利普索虽然偶尔有好歌，但基本上都是重复某一模式的音乐。香颂与卡利普索在我心中原本是如水油分离一般的事物。但是，在马提尼克音乐中，也存在没有节奏、只有钢琴和歌声的类型。知道它最初是从这样的形式发展而来之后，我受到了极大的冲击。

我心中绝无可能结合的事物在马提尼克音乐中共存了。我也明白了，这不就是我一直想做的事吗？我可以在自己内部造一座马提尼克岛，再现卡利普索音乐最早诞生的时刻……我现在正体味着这样的兴奋。

轻轻画出圆圈的三十年

去年（2005 年），陶瓶乐队[1]的演奏家弗里茨·瑞士蒙德（Fritz Richmond）去世了。今年 4 月，为了他的致敬演出，约翰·塞巴斯蒂安（Johann Sebastian）、吉姆·奎斯金（Jim Kweskin）、杰夫·茂道（Geoff Muldaur）等罕见面孔都在日本现身了。因为主办方想让我在这场演出中弹贝斯，所以也邀请了我。

要是光弹贝斯也就算了，还要我弹马林巴。这是吉姆·奎斯金在现场突发奇想的提议，我通过这次合演才第一次知道他。彩排时我稍微弹了一下马林巴，他很喜欢，提议演出一些有更多马林巴的曲子。当然，这种意外的发展才会让演出变得有趣。但是，并不熟悉马林巴的我突然要演好几首歌，对我来说很棘手。而且几乎没

1　陶瓶乐队（Jug Band）：在 20 世纪初美国南部黑人之间诞生的乐队形式。在吉他、班卓琴、曼陀铃、小提琴的基础上加入水瓶（jug）、洗衣板等日用品作为乐器使用。——原注

有练习的时间，结果错了好多地方。结束以后我很失落。能不出错地结束舞台我就满足了，但一个错都不出其实很难。

如果在神社做供奉演出之类的即兴演出就不会出错。因为没有规定，也就无从出错了。我做的东西和爵士不同，只是一种发出声音的即兴。所以，只要掌控发声的时机和情绪的投入就好，只要这两项顺利就会生出成就感。音乐的快乐就是如此朴素的东西。

再者，供奉演出大多规定演出时间为三十分钟。即兴演奏时，虽然并没有时钟，但不知道为什么就是可以恰好在三十分钟结束。最近和我有过对谈的心理学家河合隼雄先生也说过“有信心在没有时钟的情况下按时结束演讲”。河合隼雄先生还有一点也跟我一样，在演讲和对谈之前“基本上什么都不会准备”。

当然了，我呢，有不准备的原因。如果事先定下了什么，我就会因为只能按这个来而紧张。如果不能适当地放松，恐怕谁都会犯错吧。

结束 4 月“东京 Shyness”[1] 在福冈的演出后，短期

---

1 乐队全名为“细野晴臣 & 东京 Shyness”。于 2005 年 9 月在埼玉县狭山市举行的“海德公园音乐节”上初次登台。以细野晴臣的第一张个人专辑 *Hosono House* 的乐曲为中心，与高田涟、伊贺航等一起进行原声乐器演奏。——原注

内就没有什么大型演出的安排了。终于可以专注制作个人专辑了。即便如此，也常常有刚一觉得“终于有时间可以集中到什么事情上了”，就有其他工作进来变得很忙的情况。如果存在日程表之神，估计是个特别爱恶作剧的神吧——至少对我是这样。

不过，工作这种东西就是这么回事吧。没有中断，也没有间隔，被日程表追逐着。正如好莱坞用“calling”这个词表示工作，在演艺圈，“被召唤”就是工作。

有时候，介于自己无法掌控与能够掌控之间的微妙平衡很重要。比如，现场演奏的时候，紧张就会出错，需要尽力保持不紧张。但是，如果没有了这份紧张感，又很难有所创造。创造，必然与紧张相伴。因此如果不处于紧张与放松之间的微妙地带，就无法做出好东西。创作需要积累经验，掌握属于自己的方法来进入这一境界。如果不需要创作，我大概会一整年都处于放松状态吧……

我和这次来日本的约翰·塞巴斯蒂安是继 1976 年在晴海举行的“拯救鲸鱼”演出以来，时隔三十年再次合演。演出之前，我跟约翰说：“要在前辈们的包围下弹不熟悉的马林巴，好紧张。”

约翰回我：“我呢，反倒很困扰一直被要求吹口琴。而且，我三十年前就一直想跟吉姆·奎斯金合演。这个梦想在三十年后的今天突然实现了。虽然很紧张，但另一方面也像轻轻画完了一个三十年的圈。”

毫无预警地，我被他说出的这个“圈”震惊了。因为这和我四年前开始做“SKETCH SHOW”时感受到的东西完全相同（当时的发现变成了“SKETCH SHOW”那首“Turn Turn”的歌词基础）。在这三十年中拥有同样感悟的约翰·塞巴斯蒂安，时隔三十年再次与我在东京合演，这令我感触很深。

这个圈，从1999年和久保田麻琴共事之后，经过叮砰、小坂忠的个人项目、“SKETCH SHOW”，直到今年还在继续。去年，以狭山的“海德公园音乐节”为契机成立了“东京Shyness”。与这些成员一起演奏三十年前在个人专辑中想做的音乐，让我有了很多新发现。以各种各样的事件为基础，我将开始着手制作新的个人专辑。我有一种正在完成这个三十年之圈的感觉。

后 记

在氛围音乐盛行的时代，我不认为旋律和歌词有那么重要。毋宁说，在氛围音乐的世界，音乐是如海鸥之声、鸟类之声一般的音效。也就是说，通过收录环境音与外界连接、被音乐包裹，通过网络在人与人之间建立联系被我视为更重要的事。

就像我在“中述”中所写的那样，2000年前后，因为“Happy End”的纪念项目，久保田麻琴、小坂忠等过去的熟人邀请我一起工作，我全都接受了。然而，在我的内心，自己内部那种氛围音乐一般的音乐观、世界观与过去和他们一起做的音乐之间存在着间隙，我能感觉到其中的滞涩。但是，我无意中发现自己有所共鸣的欧洲音乐家基本都是在同一时期开始展现某种变化的。一改一直以来的极简，开始呈现出性感。这一趋势一直延续至今。

抱着做点新东西的意图我开始了“SKETCH SHOW”，但仔细想想和我搭档的幸宏也是过去的朋友。在正文中我已经提到，当时我终于体会到了那种“绕了一圈看清了世界”的感觉。趋近完成时，就能看出圆形。

如果活得久，即使想笔直向前，也会因为自己的偏好而逐渐趋向曲线。这就是在为圆塑形。我也渐渐明白了美洲原住民所说的“药轮”的思考方式。未来并不会去向完全崭新的地方，而是会咕噜噜地转回来，重复着同样的事。虽说“同样”，却又似乎更加深入……

圆也是一种曼陀罗。

“只要直面危机，人就会画出曼陀罗”——借用荣格的思考方式，我始终面临着危机吧。如果不经常画出地图确认自己的位置，就无法平静。每个月的连载也是这种确认工作的一环。如果不在这里说，应该也会写在别处吧。正如在沙地上绘制曼陀罗一般……

文库版后记

这本书出版的时候，我正埋头于“衰老”的模拟实验。如今年近七十的我已经实现了衰老，但当时的根基是对美洲原住民的憧憬。虽然他们“印第安人”把这类人揶揄为“低配模仿者”，但其俘获美国和日本年轻人的现象至今仍在持续。

要说为什么，大概是因为日本以及西欧社会已经失去了掌握智慧的长者——“长老”。但原住民的世界姑且还有长老健在。长老是他们的共同体中不可或缺的存在，担任着把从古代继承下来的智慧传递给年轻人的重要角色。我通过书籍学习了很多原住民文化。

我并不抱有自己成为长老的愿景。只是人类社会自古讲究传承，老者会给大家讲述过去的事情。拥有家庭，孕育后代。后代又孕育后代。在这一刻，父母就自动变成了祖父、祖母。这也是一种传承，意志无法介入。

“氛围驾驶员”究竟是什么呢？其中似乎有一种在

环境中疾走的语感，其实，是令氛围这种来历不明的东西动起来。虽然我也写到了练习衰老的事，但最近其实深切感受到自己还很年轻。摇滚乐的一代人为什么很流行模仿老态呢？智者在英语中也有“longhair”的说法，1970年前后的嬉皮时代，大家不都蓄着长发和胡须吗？进入20世纪90年代，足以匹敌嬉皮的氛围音乐时代到来了。

经过世界音乐在世界范围内的流行，从90年代中期开始，出现了前所未有的不可思议的现象。开始创作氛围音乐的音乐家们，脱离拜金主义的社会，远离被消费的商业音乐，从喧闹的陆地逃出，漂浮在了安静的大海之上。它的关键词是漂浮。其长老是原住民和海豚。漂浮感将老旧的摇滚乐框架冲刷殆尽，以环境这一从未有过的结构编排制作音乐。

正如布莱恩·伊诺最初的提倡所示，氛围音乐始于让机场等特定地点充满声响的创意。氛围就是环境。以此为基础进化出了别的东西。在俱乐部场景中，往氛围音乐中加入不兼容的节奏感的做法始于英国组合“The Orb”。以此为契机，从浩室舞曲到氛围音乐的流行开始了。

在那之后，更多音乐家开始将“环境”本身编织进声音中。我也是其中之一。能让音乐响起的空气就是地球环境本身，环境会包裹着音乐。简直就像互联网一样，地球到处都诞生出这种音乐的时代就是20世纪90年代。我见证了音乐领域前所未有的划时代转型。

而“编排”这种环境，就是“驾驶”的意思。驾驶（驱动）也是让电脑的应用程序开始工作的发动装置。在那之前未被意识到的对“编排环境”的冲动以及热情，是那个时代所特有的精神。人们开始做出“自己即氛围”的宣言，让外部的环境在自我内部扩张。让内部与外部连接的东西就是“氛围”。这与自然环境极为相似，平静之中涌动着激烈的暗流，在海底谁都看不到的地方，世界正在改变。虽然20世纪90年代的特殊变化无法用语言描述，也无法求证就悄悄落下了帷幕，但如今它正是我行动的源泉。

2015年12月28日

图书在版编目（CIP）数据

氛围驾驶员 : 细野晴臣随笔集 / (日) 细野晴臣著 ;
余梦娇译 . -- 北京 : 北京联合出版公司 , 2022.12（2023.10 重印）
ISBN 978-7-5596-6342-9

Ⅰ . ①氛… Ⅱ . ①细… ②余… Ⅲ . ①随笔－作品集
－日本－现代 Ⅳ . ① I313.65

中国版本图书馆 CIP 数据核字 (2022) 第 121222 号

北京市版权局著作权合同登记号 图字：01-2022-4341 号

氛围驾驶员：细野晴臣随笔集

作　　者：［日］细野晴臣
译　　者：余梦娇
出 品 人：赵红仕
策划机构：明　室
策 划 人：陈希颖
特约编辑：陈希颖　刘麦琪
责任编辑：徐　樟
装帧设计：山川制本 workshop

北京联合出版公司出版
（北京市西城区德外大街 83 号楼 9 层　100088）
北京联合天畅文化传播公司发行
北京市十月印刷有限公司印刷　新华书店经销
字数 135 千字　787 毫米 ×1092 毫米　1/32　8 印张
2022 年 12 月第 1 版　2023 年 10 月第 2 次印刷
ISBN 978-7-5596-6342-9
定价：59.80 元